波と私たち

庵原高子
Anbara Takako

田畑書店

波と私たち◎目　次

短篇集

随筆集　筆跡よ　永遠なれ

波と私たち

カバー写真＝原田寛

短篇集

波と私たち

波と私たち

一　鎌倉

私は鎌倉の町をほぼ毎日歩く。住まいは由比ヶ浜の路地沿いにあり、車道に出てバス通りを十分ほど歩くと、ＪＲ鎌倉駅西口に着く。頬に触れる微風には潮の香りが感じられ、すれ違う人びとの表情は穏やかだ。激動の昭和から平成に替わり十八年、西暦では二〇〇六年になる。五十年余住んでいる町なので、どの風景も見慣れていて目新しいものはない。だが、御成町商店街を歩いていると、突然更地になった空間を見る。

……ここはなんという店だったか、どんな建物だったか急には思い出せない。

それでいて、遠い昔の会話や事柄を鮮明に覚えていることがある。生家、東京麴町の家の間取りとそれぞれの部屋の匂い、家の廊下を走った時の反響音、二階のヴェランダから見た住宅街の屋根や樹々……、そして東京山の手大空襲による黒と灰色の焼け跡、烈火を浴びた金庫の前に立つ、母の横顔……。

「鎌倉に……、まあ、良いところにお住いですねえ」

と言われることがあるが、素直に頷くことが出来ない。生家があの戦争で焼失しなかったなら、父母兄姉そして私も東京の住人であった筈。その思いが心の隅に残っている。

私は鎌倉市で、被災者そして没落家庭の末娘として十代を過ごした。一九五八年、二十四歳になった秋、カトリック由比ヶ浜教会で結婚式を挙げている。相手は一歳年上の男性で、東京出身、母子家庭という共通点があった。そして、故郷の東京に戻れないまま、この地で七十代まで生き延びてきた。二人の子供は曲がりなりにも独立した。若い時入れなかった大学も中年になって通信教育課程で卒業した。一九九八年に患った早期のがんも快癒して、気持ちも安定している。しかし、このところ妙に心が騒ぐ。

それはこの春、鎌倉駅のホームで、かつての学友野川たま子に会ったことによる。コートが暑く感じられる三月の中旬だった。私は駅の階段を上がってそのまま左に折れ、階段の囲いに寄りかかる定位置に付いた。ホームからはいくつかの小ビル越しに御成山の稜線が見え、まもなく山桜も咲く。

その時、甲高い声が聞こえたので、その方向を見た。右手の新聞や土産物などを扱う売店の前で、中年の男女が談笑していた。その女性の姿を見た瞬間、私は小さな声を出し、足を二三歩進めた。久しく会っていない友人が、夫君と思われる男性と立っていたのである。それはかつての学友、野川たま子に違いなかった。美しい顔立ちなのに、垂れている髪の整えが上手でないこと、洋服だとかなり目立つ内股であり、靴の先端が合わさるように見えるところ……、その特徴は中年になっても変わっていなかった。懐かしさが胸に湧いたが、歩き始めてすぐに足を留めたのは、夫妻がこちらに気付かず、私自身に怯む気持ちが湧いたからである。

中学高校時代、私は旧姓の鈴田エイコから、〝オエイ〟と呼ばれ、たま子は、子を取って、〝たま〟と呼ばれる……、そう言った仲であった。しかし四十の声を聞き、髪の毛に白いものを見付けたある日、私はたま子に、

「もう、オエイと付き合う気はない」

と、言われている。絶交宣言と思われる。

〝絶交〟という言葉は中高時代からよく使われ、当時の女学生言葉で、その習慣は卒業後も持続していた。彼女は弁護士の娘で頭が良く論も立つ。学童疎開が実施される以前、たま子は上級生であった。当時、縁故疎開地での学校教育が十分でなかったと言って、留年する生徒が多かった。同級生としてたま子と過した学校生活は、幼小中高と続く一貫校のミッション・ス

クールで、戦後から数えても七年の歳月になる。

　去年の春、たま子が鎌倉に引っ越してきている、という噂を湘南地方に住む学友から聞いた。独身の頃中野駅近くに住んでいたことは知っているが、結婚してからは母校S学園に近い九段に住んでいると聞いていた。〝東京愛〟の強いたま子がまさか鎌倉に、と思ったが、噂は事実だった。足を戻しかけた時上りの電車が入ってきて、私の前でそのドアが開いた。くすんだ臙脂色のコートを着ていたたま子の映像を目に残したまま、電車に揺られた。品川駅で降りた時はもう人波に揉まれ、車窓に目をやることも出来なくなっていた。

　それから五ヶ月経った初秋、たま子から突然の電話があった。

「先月ね、オエイの教会、由比ヶ浜教会に転入したの。それでご挨拶を」

　前置きもなく用件を話すところ、そして耳に残る高い声も変わらなかった。

　私は生後百日目に洗礼を受けているカトリック信者だ。たま子は二十歳過ぎて洗礼を受けている。カトリック教会では私を幼児受洗者と言い、たま子を成人受洗者と言う。転居の知らせもなく、突然こんな電話を……、と思ったが、黙って話を聞いた。

「オエイ、よく行っているのでしょう、由比ヶ浜教会に」

「まあね、私は六十代始めに、早期肺がんの手術をして、無事に助かって……、それ以来、神様を近くに感じるようになったわけ」戸惑いながらも、昔のような軽口で返した。

「それなら、教会に行けば会えるわね」

ぜひ会いたいわ、と言いたいところだが、

「でも、毎週ミサに授かるとは限らないわ、主人の用事もあるし」

と答えた。夫の洋一は仏教徒、家は日蓮宗光則寺の檀家だった。

「……まあ、そういうことなので、よろしく」

電話が切られたとき、たま子が鎌倉の新居の住所も電話番号も言わなかったことに気付いた。教会以外の付き合いはしたくない、ということなのか。次の日曜の朝ミサ、もしかしたらたま子に会えるかと思い、由比ヶ浜教会に足を運んだ。

ミサが終了した後、教会の広報担当者がマイクを持って言った。

「この度、この教会に、新しい転入者がございました」

読み上げられた名前は、姓こそ高井と変わっているが、たま子だった。

「いらっしゃいましたら、どうぞお立ちください」

私をはじめ聖堂内の人びとは首を延ばし、新しい仲間の顔を探したが、起立した人の姿はなかった。起立した人があった場合、皆は拍手で歓迎の意を伝えるのだ。帰り道、拍子抜けしたような気持ちのなかで考えた。たま子は、なぜ転入の連絡をしてきたのだろう？

二　戦後

戦災後、焼けビルとなった九段の校舎が少しずつ補修され、教室内も綺麗になった一九五〇年、私たちは高校生になった。机はどれも二人用だが椅子は一人用が置かれていた。野川たま子、笹野久江、そして私鈴田エィコの三人が仲良しグループで、教室の後方に席が並んでいた。笹野久江はチャエと呼ばれていた。もう一つのグループ、川辺敏子（カッサン）、今野洋子（コン）、成瀬美紀（ミッキー）、筧まり子（マリ）の四人も後方の席に座るグループであった。

チャエこと笹野久江は、銀座の老舗和菓子店の娘だった。父親はすでに亡くなっていたが、母親と大学出の長男が店を守っていた。華やかな土地柄もあって、久江にはセーラー服の襟元から滲み出るような色気があり、和服が良く似合った。久江の店の三階には小部屋があり、そこで交わす会話が楽しかった。私は遠距離通学の車中で、同じ東京に通う私立高校生数人と馴染みになっていたし、久江はすでに近くの呉服店に勤務する男性と付き合っていた。たま子は、プロ野球阪神タイガースのファンで、二軍の選手にサインしてもらった、とその手帳を見せてくれた。後にその選手と映画を見に行った話も聞いた。

久江の母はいつも私たちを快く受け入れてくれた。高校の卒業式の夜も、大勢で銀座を歩いた後、二階の八畳に上がり、大騒ぎをした。銅鑼《どら》焼きを持って挨拶に来た久江の兄一雄に、一同歓声を上げた。誰もが同じような思春期を送っていた、と言いたいところだが、他の四人も含めて七人のなかで、戦後東京に戻れなかったのは私だけで、内面には寂しさと孤独感を抱えていた。しかし、運動神経のある私は、バスケット・ボール部に入部していて、体育が苦手の級友からは、「あなたはいつも、肩で風を切って歩いている」と言われていたので、それに気付いている人はいないようであった。

今思えば、私は戦争が終わった時、重大な選択をしたのだった。疎開地茨城の村立小学校から、東京九段の、仏蘭西系ミッション・スクールS学園に戻ることだ。私たち家族は戦争が激しくなるまで東京麹町に住み、通学もしていた。

持ち家のなかでたった一軒焼け残った鎌倉の家の、茶の間で母は言った。

「この鎌倉から九段まで、……乗る電車は、鎌倉駅から東京駅、そこで中央線に乗り換えて飯田橋駅まで、それから九段への坂を上ると……、片道約二時間の通学になるわ」

「それでもいいわ、私通う。もう中学生だし」六、三、三制は、すでに始まっていた。

「片瀬なら、三十分よ」藤沢市の片瀬に、S学園の姉妹校があった。

「片瀬はいや」「どうして」

「だって、戦争前とお友達が変ってしまうから。みんな幼稚園からいっしょだし」

その頃から、〝ボンジュール〟(bonjour)という仏蘭西語の挨拶を覚えた仲だ。

「でも、毎日のこと、となるとね」

「だって私、東京の子供だもの、東京の学校に行きたい」「まあ」

東京神田生れの母は歯を見せて笑い、それで話が決まった。

私はその時、幼稚園からの仲良し、オユーこと、大野ゆう子の顔、そして学年全体の友人の顔を思い浮かべていた。オユーの父は、かつて築地本願寺の近くで開業医をしていた。春休みなどよく家に遊びに行き、本願寺境内の隅で遊んだものだ。つまり、私の子供の頃からの友人は、全員東京生れの東京人なのである。

そして私の十代は、遠距離通学から始まった。

麹町で羅紗商を営んでいた父は、疎開地の茨城で倒れた。敗戦後、GHQの指令により農地改革、財産税などの事務的手続きを完了した直後だった。脳溢血の後遺症で右半身不随になった父の世話をしている母は、日夜忙しく過ごしていた。その母は明治大正昭和にかけて八人の子供を産んだ。私はその末娘である。明治生まれの長兄は子供の頃に亡くなり、大正生まれの次兄が跡取り息子になった。以来この十九歳年上の次兄を〝兄〟と呼ぶ。

兄は、中国中央部からの復員兵だった。徽章を外した軍服のまま、土まみれになって疎開地の家に辿り着き、両親、妻子の無事を確認した時は嬉し涙を零していたが、東京の店と家が焼けたと知った時から、眉間に皺を寄せる男になった。そして鎌倉の家に移り、横浜の中華街で働き始めた頃から、すぐ怒る男〝癇癪持ち〟に変貌している。

その戦後の混乱期、長姉と次姉が離婚をしている。長姉はその後再婚し、次姉は音楽教師として自立している。それまでは母は「カトリック信者は、離婚と自殺をしてはいけない。どちらも重い罪だ」と繰り返していたから、衝撃は大きかったと思われる。

その母は私を見て、不安げに言う。

「お父さんが病気で、お姉さんが二人離婚……、おまえに良い縁談はないだろうねえ」

「いいわよ、自分で探すから」そう答えるしかなかった。

そして私は鎌倉で、現在の夫洋一と出会った。その場所は、鎌倉文士里見惇が顧問になっているアマチュア劇団〝鎌倉座〟の稽古場。私は新入りの座員で、倉田洋一は、慶應義塾大学の演劇研究会に籍を置いている、長身で痩せ型の青年だった。女優不足のためか私にはすぐ役が与えられ、稽古が始まった。洋一は演出を担当していた。立ち稽古に入ってすぐ、中央に坐する演出者から声が飛んできた。

「普通に歩いて下さい。娘役ですから、娘らしく」一瞬意味が分からず、棒立ちになった。

「かなりの外股で歩いています。学生時代、何かスポーツをしていましたか」

「はい、バスケット・ボールを……」

「足元に、気を付けてください」

周囲の座員から笑いが起きた。股を開き、ドリブルのポーズをする者もいた。芸達者な人ばかりで、物真似も上手だった。いつにない恥かしさに体中が熱くなった。自分の動きを客観的に見ている人がいる……。これが演劇の場なのだ。その奥に新たに芽生えた感情があった。それは日常の雑事と退屈感を越えた不思議な感情であった……。

東京住まいの頃、歌舞伎見物が好きだった母は、鎌倉座を嫌ってはいなかった。私はその世界にのめり込んだ結果、将来にまだ展望の見えない一人の男性に人生を賭けた。

鎌倉という土地で恋をし、結婚をしたせいか、ますます東京が遠くなっていた。

たま子の気持ちは、晩生《おくて》で真面目な四人の級友たちに向いてしまっている。晩生、真面目というと地味に聞こえるが、実際はその反対で、軽井沢に別荘を持つなど華やかな上流家庭に身を置いている人たちだ。そして親の力で見合いをし、結婚が成立している。

若い夫洋一の給料は乏しいものだった。かつて亡父が社長をしていた中小企業に入ったものの、かつての演劇青年は、大学の相撲部出身の現社長に「弱々しい」と言われ、気に入られてはいなかった。当時よく集まるのは、銀行の頭取を義父に持つ川辺敏子さんの家、それは港区麻布の高級住宅街にあった。そして上村と姓の変わった横浜山手地区のコンの家だった。コンの夫は、A物産という大企業に勤務していた。銀座や数寄屋橋近くのレストランに集合することもあった。一度参加したがその会費が高額で、次回は参加出来ないと思った。しかしたま子は、それらの人びとを大切に思い毎回参加しているようだった。

私はたまりかねて、彼女に嫌味を放ったことがある。

「あなたは、名門の生れや、ご主人が一流企業に勤めている人が好きみたいね」

たま子は怯みもせず答えた。

「少なくともそれは、人間を測る物差しになるでしょう。お人柄に間違いはないしね。それに美紀さんはとても優しい」

母親が旧財閥の娘という成瀬美紀は幸運にも、都内の空襲で類焼を免れて、文京区の家を失わなかった人である。この頃、私の母親は、日々神に祈りながらも、家の砂壁に向って〝戦争が憎い〟という言葉を繰り返していたのだった。

三　勉学への思い

鎌倉の町にスーパーマーケットが開店する時代になっていた。主婦たちはその店に殺到した。

結婚生活の雑事と並行して、私には勉学への強い思いがあった。時にその思いは、辛い記憶と共に空虚な塊となって胸を突き、苛立ちにもなっていた。

……私は昭和二十七年秋、母が介護疲れから血を吐いて倒れた後、東京小石川の兄の家に預けられた。兄は復員兵から六年を経て、父の遺した土地に、借金をして家を建てていた。店も東京神田に再建し、子供の数も増えていたが、相変わらず眉間に皺を寄せていた。そして夜仕事から戻り、顔を合わせると、「女が大学に行っても、発展性がない」と、明らかに女性を蔑む言葉を繰り返すのだった。しかし強く反対はしなかった。兄は十九歳年下の、妹の扱いに戸惑っているのかもしれなかった。それは私自身の戸惑いのようにも感じられた。鎌倉で療養中の母に会えないまま年を越し、翌年その家から大学受験に行き、不合格になった。その事実は合格点が取れなかったから、と思えばよい。だが、浪人中に挫折したのは何故だろう。経験豊かな兄の存在に敗北した、とは思いたくないが、何か大きなものに敗北したことは確かだ。浪人中の秋、すぐ上の五姉A子の結婚式があった。その男女の熱い表情は瞼に焼き付いた。予備校に行かなくなると、病の癒えた母はすぐに私の働き口を見付けてきたが、その勤めも僅か一ヶ月で辞めてしまった……。

その傷は癒えることなく、結婚し子供を産んでも変わることはなかった。

娘が高校生になった春から秋にかけて、横浜のフェリス女子大学で行われた「シェイクスピア講座」に通った。一九七〇年代のことである。

一九八九年、五十代半ばに入った大学の通信教育課程で、卒業論文に選んだ作家は、ヴァージニア・ウルフであった。タイトルは「小説『波』における沈黙の様式」。専攻は英文学だった。特に日本語で『壁のしみ』と訳されている『マーク・オン・ザ・ウォール』に惹き付けられた。しみ、という対象を見付け、そのなかに沈んだかと思うと、底に溜まる意識の層を露わにする。彷徨する心の動きが鮮やかに描かれていた。

最後の行を記す。

「この戦争が忌々しい。戦争なんてくそくらえだ！」

(Curse this war! God damn this war!)

この言葉で小説は終わる。〝ハイブラウ〟(highbrow) という言葉を使っていたウルフからすると、品のない言葉である。

サマー・スクーリングの教室で、H教授は、「ハイブラウの意は、広い額から教養ある人を差すのです」さらに「額の狭い人から、知性の低い人を差す〝ロウブラウ〟、さらに〝ミドルブラウ〟という言葉もあります」と教えてくれた。

横浜市日吉の校舎の帰り道、沈みかけた日の光を眺めながら、自分はどのブラウに属するのかと考えた。広いか狭いか確認するために、汗の滲む額に手を当てた。その途端、天から亡母の声が聞こえてきて、私は笑い出した。

「おまえはフジビタイだね、富士山のような額という意味だよ」

子供の頃から何度そう言われたことか。それは母譲りでもあった。家に帰り、ノートに〝Fuji-brow〟加えて〝大和撫子〟と書き記した。

主婦業があるため、サークル活動はしなかったが、一度だけ詩の朗読会に参加した。詩人でもある朗読者は、不意に逝ってしまった友人に自作の詩で語りかけ、時折幽明の境を破るかのように、木槌で壇上を叩いていた。私は感銘し、声は空の彼方の友人に届くに違いない、と思った。

同じH教授に卒論指導を受け、論文を書きあげ無事に大学を卒業した。それから、十五年の月日が経ち、世紀も変った。この一年、ウルフの論文を書く時、重大なミスを犯していたのではないか、と思うようになっている。それは、一九四一年四月、コートのポケットに石をいれて、ウーズ川に身を投げ自ら命を絶ったウルフが、英国人であると同時に〝ロンドン生まれのロンドン人〟だったという事実を、直視しなかった点である。

東京生まれの私の洗礼式は、生後百日目の五月、と母から聞いている。もちろん記憶はない。当時番町にあった麹町教会の、式の帰りに四谷の写真館に寄り、記念に撮ったという写真が残っている。アルバムは当時流行っていたのか黒色の台紙で、書かれた文字は細い白色になっている。写真の横に母の筆跡で、アガタ・鈴田エイコ、と姓名に冠して霊名が記されている。九段のS学園付属幼稚園に二年保育から入った。保育師は裾の長い黒服を着て、白い布を被った修道女であった。近付くとその修道服から、家の中では嗅いだことのない、湿った草のような独特な香りが感じられた。

日曜日には、母や姉たちと麴町教会のミサに参加した。

聖堂の入口付近には白粉花が咲いていた。日曜のミサは正味一時間で、細身の子供だった私はしばしば貧血を起こした。そんな時母は「外の空気を吸っておいで」と言うのだった。白粉花の群れを眺めながら、私は一人回復を待った。

土曜の公教要理では、ホイヴェルスという名の独逸《ドイツ》人神父の堅苦しい話を聞かされたが、その長身の身体から放つ威厳にはいつも圧倒され、反発を覚える余裕はなかった。ページを開いて見せてくれる『天国と地獄』という絵本は、独逸という国から運ばれたものなのか、日本で目にする絵本とは比べものにならないほど、鮮やかに事細かに描かれていた。特にその地獄絵は黒と白の二色で、燃える炎のなかで苦しみもだえる人びとの様子が描かれ、〝罪を犯すと地獄に行く〟という話が、身震いするほど恐ろしく感じられた。

羅紗商の店は電車通りに面していた。住まいと店は路地を挟んで別になっていて、使用人が多数居た。女性の使用人は当時〝女中〟と呼ばれていた。

小学校二年になった春、兄の結婚式が行われた。

「商家の跡取り息子の結婚ほど、大変なものはない」

母は、繰り返しそう言い、私を女中おキイのもとに置き去りにした。

夜、おキイは私を寝かし付けながら、「こちらの坊ちゃまは、女の方に人気がおありだったので、奥様もご苦労を……」と呟いていた。長じてから、その言葉の意味を考えると、結婚前の兄にはかなりの女付き合いがあったと思われる。見合いに漕ぎ付け、話のまとまった結婚相手はカトリック信者で、次兄より七歳下の健康そうな人だった。

朝夕の祈りは、和室の祭壇の前で母といっしょに声を上げて唱えた。しかし祈りがはじまると、使用人たちは妙な笑みを浮かべて、台所や女中部屋に去っていくのだった。

カトリック系の学校といっても、S学園生徒の受洗者は一割にも満たず、残りは普通の日本人、いや普通よりかなり上等な家庭の子女だった。校内で〝偉い〟と言われる言葉の意味も、二通りあるように思えた。一方は、弱き者を助ける神、十字架に磔となって民を救ったキリスト、聖母マリア、諸聖人。他方は、華族士族の血筋を持つ家柄、国の政治を行う、または軍部の上層にいる人びとである。教室や運動場で、「あの方のお父様、××大臣で、偉いのよ」「お祖父様は、元貴族院議員だそうよ」などという言葉は飛び交い、だれもそれに疑問を持たない様子だった。

元気の出る場所は校内の遊び場だった。ジャングルジムに足をかけ、頂上まで登った。周囲の景色が違って見えるのが楽しかった。「ああ、高い、高い」と大声を出すと、周囲から、「信者のくせに」という言葉が飛んできた。

四　たま子への手紙

次にたま子に偶然会ったのは、家の近くの和田塚駅から江ノ電に乗る時だった。鎌倉駅から藤沢駅まで緩やかな速度で走るこの私鉄電車は、そのレトロふうな外見もあって観光客には人気のある乗り物とされていた。ドアが開いた瞬間、正面の車内にたま子が立っているのに気付いた。狭い車内でもあるし、逃げようがなかった。

「オエイ、どこまで行くの」「東京まで」

「私も東京までよ。いっしょに行かない」

私より少し背の低いたま子は、上目遣いに甘えた表情を見せて誘った。たま子はその美貌に加えて、可愛らしい表情やしぐさを見せる女性だった。その反面、怜悧な頭脳の持ち主で、人を厳しく批評し、とくに失敗を許さなかった。「東京まで」という言葉に怯みはあったが、頷いた。かつては上級生だったたま子に、気が付くと従っていた。

東京行の横須賀線の車内で、たま子と隣り合って座った。約一時間の車中、黙っているわけにもいかず、私は近況を話した。

「娘の春子が結婚したの、一度離婚した男性だけれど、とても良い人、仕事熱心で」

「良かったわねえ」

話にケチを付けず、穏やかにそういうたま子が意外だった。

「お相手に、子供はいなかったの」

「いないわ」「そう、それは良かった」

たま子が口を閉じたあと、電車の走る音だけが聞こえていた。春子は、大学を卒業したあと三十代まで会社勤めをしていた。もちろん初婚である。戸塚のトンネルを過ぎた頃、私はあることを思い出していた。

……春子がN大学の学生の時だった。中高は、かつて私が拒否した片瀬のS学園姉妹校に通っていた娘だ。ある日、不意に電話をかけてきたたま子は、前置きもなく、

「オエイの娘は失礼よ」

と言った。たま子は、N大学を偏差値の低い二流大学と決め付けていた。

「カリンさんの学校を、調査するなんて」

高音のたま子の声が、耳から全身に響いた。カリン、とは成瀬美紀の娘成瀬花梨のことだ。

その少し前、私は由比ヶ浜教会の信者さんに「良い男性はいないか」と頼まれ縁談の世話をした。その女性は、亜米利加《アメリカ》系・ミッション・スクール、S女子大の卒業生で二十代後半という。大洋一の母方に長いこと独身の男性がいた。話がまとまれば周囲も安心するだろう。その折、責任者として少し調べた。春子の高校時代の友人にS女子大の人がいるので、情報を提供してくれるように頼んだ。しかし、その縁談は、見合いをした後、先方から断って来た。失望した私は、たまたま電話をかけてきたかつての級友コンこと、上村洋子にその経緯を語った。たま子は洋子からその話を聞いたに違いない。

「評判を聞いてもらっただけよ、春子は、母親の私に頼まれて……」

「それほどの身分ではないでしょう」

たま子はこちらの言い分を聞こうとしなかった。

「カリンさんは、ほんとうに素晴らしいお嬢さん。S女子大は名門よ」

反論しようと思わなかった。それは、級友たちには学園時代のグループ主義が、なお根強く残っているからだった。所属するグループが上流家庭人の集りならば、それだけで鼻が高い。時には数がものを言う。私はそうしたグループに媚びるのが嫌いだった。しかし、……たま子の心の底にあったものは、それだけではあるまい。

……私は、若い頃、一度たま子を傷付けている。いや正確には、たま子を傷付ける手伝いをしたのである。戦後から結婚までずっと住んだ鎌倉の実家の、木の階段の感触を思い出す。高校を卒業して二年近く経ったある日、かつての親友笹野久江は不意にやってきた。「まあ、チャエちゃん、久しぶり」私は喜んで出迎えた。

一階の茶の間には近所の婦人が来ていて、母が応対していた。奥の部屋には父が寝ていて、他の部屋は下宿人で埋まっていた。二階に空き部屋があったので、そこに通そうと階段を上りかけた時、久江は、「オエイ、私急ぐから、ここでいいわ」と言い、階段を四段ほど上がった途中に腰を下ろした。そしてすぐに一通の手紙を取り出した。ペン書きの便箋二枚だった。家業の、進物の上書きなどで鍛えた久江の書体は見事だった。

「たま子への手紙よ」と言う。

私はそれを読み始めた……。読みながら、私は混乱していた。文面はやや形式的で、よく分からないところがあった。最後の、〝野川たま子様、もう、あなたとはお付き合い出来ません〟という言葉だけが強く目を射た。

久江は小声で、この手紙を書く次第を話し始めた。

「最初母は、たまを気に入っていたの。でも……」

久江の家の二階で、週に一度書道教室があり、たま子はS学園短大に通いながら、それに参加していることは知っていた。さらにその顔立ちと熱心さから、兄一雄の嫁にどうか、という話が出ていると聞いていたが、どうやらその縁談は進まなかったらしい。

私は小石川の兄の家から鎌倉に帰った後、銀座に足を向けなくなっていた。一年遅れで鎌倉駅西口近くの洋裁学院に入り、手に職を付けようと思っていた。当面の仕事は、ミシンを踏むこと、製図を書くことだった。

十代の頃、銀座の店三階の小部屋で、囁いた男友達の話は、全て久江の耳に入っている。それを母や兄に話さないわけにはいかなかったのだろう。しかし縁談がまとまらなかった理由は他にもあったと思われる。そして最近になって、たま子は、久江の家の書道教室を辞めた、という。話はそれだけで済まなかった。その後、友人知人に、その扱いの不満やらなにやらを訴えている。それが回りまわって久江とその母の耳にも入ってきた、という。

「うちは商売をしているし……、母も困っているの」

何か、トラブルがあったのかもしれないが、久江の口からその話は出なかった。ベッドから父親の唸り声が聞える。私はこの時ほど、遠距離地鎌倉に住むことが悲しく、もどかしく思ったことはない。

「ねえ、オエイお願い、私の名前の脇に署名して」

その頃の私は、署名の重大さを知らなかった。久江の母には世話になり、恩義を感じていた。商家の跡取り息子の結婚が難しいことは、子供の頃の兄の結婚から分かっている。菓子職人のお兄さんに縁談があるのではないか。……明日の我が身がどうなるか分からない。すでに東京銀座は遠くなり、捨て鉢な気持ちも湧いていた。

そして私は署名をした。久江は「オエイ有り難う」と言って帰った。ポストへの投函は久江が単独でした、と思われる。……あの事をたま子はどう思っているのか。

……しかし、過去に、どんな経緯があったとしても、突然「あなたの娘は失礼よ」と決めつけた友人の言葉は、母親である私の胸をえぐった。

私はその夜、夫倉田洋一に訴えた。

「春子の努力や、人柄の良さは見過ごされているわ。春子は中学から高校まで毎年皆勤賞をもらっているのよ」

洋一は私の話を聞いた後、「問題は、きみにあるのではないか」と言った。

「私に？」

「きみには個性がある。小説を書く。A文学賞の候補にもなったし……」

青春の記念に、とM文学誌に投稿し、全てを諦めて結婚した家に、その知らせが届き、私は困惑した。なんという運命のいたずらか。この手で摑んだ結婚を、今更止めるわけにはいかない。

「それは、普通ではない、ということ」

「まあそうだな、世間では、普通が一番安全と思う」「おかしいわ」……

横須賀線は多摩川を越え、東京都内に入っていた。まもなく品川駅である。

「私の娘、カナダに留学して、その後モントリオールで働いているの」

たま子は、春子の話を聞き終わると、自分の娘の話をはじめた。

「あら、いいわねえ」

「静かで、とても良いところ、日本人もたくさんいるわ」

「それは素晴らしい」私は調子を合わせた。娘をさんざん悪く言われたとしても、同じように仕返しをするのは性に合わない。〝何故、日本に帰ってこないの〟とは聞かなかった。たま子は最後に「娘は、カトリックの洗礼を受けていないのよ」と呟いた。電車は品川駅に滑りこんだ。私はそこで独り降りた。


私は、春子の結婚が決まった年の春、イタリアに巡礼旅行をしている。その誘いがあったのは、前年に急死した兄の埋骨直後のことだった。兄は小石川の家が新地下鉄の車庫地として買い上げられ、その後世田谷区に引っ越しをしている。その地で親しかった上野毛教会のアダミニ神父、そしてその教会の信者と共に、バチカン市国を含むイタリアの古い教会巡りをする旅だった。私は兄の供養も兼ねてその旅行に参加した。

途中、神父と話す機会があったので、

「娘の結婚相手が、カトリック信者ではなく、しかも初婚ではない。出来れば教会で結婚式をあげたいのですが」

と訊ねた。神父の答えは厳しいものだった。

「すぐには難しいが、半年ほどその男性が、教会内の講座に通うなどの方法はある。またその離婚の理由が正当であるか、ないか、などの審議もある」

それを聞いて私は、カトリック教会での春子の結婚式を断念した。条件を満たしているうちに、せっかく見付かった縁が壊れるかもしれない。どちらも独り暮しゆえ、時間をかけているあいだに間違いが起こるかもしれない。この男女晩婚の時代を、どうやって教会の方針と合わせたら良いか分からず、答えの出ないまま私は結婚を承認した。

春子から、結婚したい男性がいる、と打ち明けられた日のことはよく覚えている。

「一度離婚した人なの」

「だいじょうぶ？　離婚の原因はなんだったの。いい加減な人ではないの」

「そんな人ではないわ」

私は、「そんな人ではない」という台詞が、騙された女が相手の男を庇うときに使う常套句と知っていたので、少しだけ慌てた。手もとのバッグから手帳を出して言った。

「ここに、その人の名前を書いて」

娘はその白いページに愛する人の姓名を、漢字四文字で書いた。さして達筆ではなかったが、迷いのないきちんとした筆跡だった。それを見て私は娘の言葉を信じた。これまでどんな縁談を持ってきても、首をたてに振らなかった娘なのである。

春子の結婚式はその夏、プロテスタントの牧師の手によって挙げられた。式のあいだ、私は娘と婿が良い夫婦になり、添い遂げることが出来ますように、と祈った。

五　足場の喪失

ウルフの研究をはじめてまもなく、「ブルームズベリー・グループ」のことを知った。ロンドンの文教地区、ブルームズベリーのゴードン・スクエア46番地にある家で、毎週木曜日の夜に開かれたサロンが、後の「ブルームズベリー・グループ」になったというのだ。ケンブリッジ大学出身のエリートたちが集る会であったが、後世に残る仕事をしたV・ウルフは大学教育を受けてはいなかった。私はここで、「グループ」という言葉を、これまでのように否定的ではなく再認識するようになった。ブルームズベリー・グループの活動は、第一次世界大戦を挟んで、一九〇六年から三十年と言われている。

一九四一年、ウルフの帽子とステッキが、サセックスのマンクス・ハウスに近いウーズ川の河岸で見つかった。そこは彼女が好んで散歩していた場所だった。遺書は夫と姉に、合わせて二通残していた。死体は二週間経って、川の下流で発見されたと言われる。

ウルフは無神論者だが、自然観に溢れる作家だ。作中ではその自然を作り上げた超越者を「造物主」（The creator）と書いている。ヴィクトリア朝の流れを汲む英国人として、ロンドン人としてキリスト教について深い知識を持ったうえの、自然観論者であったと思われる。彼女の抑うつ症は、絶望、孤独感、離人感、人格分裂、ニヒリズム、または足場の喪失から、と言われる。私はこれらの言葉を、敗戦直後の多くの日本人の表情と重ねて見る。

昭和二十二年秋、鎌倉の家は、七つの部屋どれも満員であった。階下の奥の間に半身不随の父のベッドがあり、二階の南側の部屋には結核末期の三姉が薄くなった体を横たえ、連れ合い義兄がその世話をし、その隣室には、当時は〝後家さん〟と呼ばれている母方の伯母と父方の義伯母が身を寄せ、北側の十畳には中国から復員した兄と妻子が暮らし、私は玄関脇の四畳半に四姉五姉と寝起きした。残りは茶の間と使用人の部屋だった。

兄は横浜中華街の、友人の店で働き始めたが収入も少なく、父母の生活費は僅かな蓄えと、和服や骨とう品その他の〝売り食い〟で賄っていたと思われる。ある日、戦災で焼けた麹町の店と家の跡地が、たまたま借地だったゆえに、再建が叶わず、その地は接収され、カトリック系のJ大学の敷地内に加えられる、というニュースが入った。

「もう二度と麹町六丁目の地には戻れないのね」

そう言って母は前掛けで顔を覆った。私は黙って母の嗚咽を聞いた。こうして私たち一家の故郷の地は消えた。その頃から、母は煙草を吸うようになっていた。茶の間には煙草の煙が流れ、時に私は近くの煙草屋まで使いに行かされた。

そのあいだも鎌倉から飯田橋までの遠距離通学は続いていた。

S学園の制服を焼失し、もんぺ姿で通学する生徒や、茹でたジャガイモを弁当に持ってくる生徒もいたが、驚いたのはそんなことではなかった。仲良しだったオユーこと、大野ゆう子が一学年下の生徒になっていたからだ。

「疎開先でね、十分な教育が受けられなかったから……〝自主留年〟したのよ」

ゆう子はそんな言葉を使って言った。他にもそういう生徒は何人かいた。ある朝、以前は上級生と思っていた野川たま子が六年の教室に入って来た。

「あの方、一年上の野川さんよ」と袖を引く者がいた。

「ごきげんよう、私今日からこの級の生徒」たま子は澄ましてそう言った。

片瀬の姉妹校に集団疎開して、戻って来た数人のなかにはチャエこと、笹野久江の顔があった。その後担任の指図で席替えがあり、後方に三人並んだ。昼休み、たま子はアルミの弁当箱の蓋を開け、小さな鮭の切り身を箸でほぐしながら言った。

「私の父は頑固者よ。福島の疎開地で、学校に行かせてくれなかったの」

「私は、片道歩いて四十分の村立小学校に通ったわ」

茨城言葉も覚えた、友達も出来た、と付け加えた。

「そう、それで何処か田舎臭くなったのね」

痛いところを突かれたと思ったが、こちらも質問を放った。

「学校に行かないで、何をしていたの」

「父が勉強を教えてくれたわ。算数と仏蘭西語《フランス》は毎日……」

「英語は？」

「敵性語《てきせいご》でしょう。英語は」

たま子はそう言って胸を張った。

放課後、私は久江といっしょに帰った。飯田橋駅から東京駅に向かい、乗り換えて横須賀線に乗るのだった。本来なら三番線の山手線に乗る久江は、七番線まで数メートル余計に歩いて横須賀線に一緒に乗り、新橋まで同行してくれた。たま子は中野方面に独り帰った。親しい友人に、カトリック信者はいなかった。級には私の他に四人信者が居たが、どの信者もおとなしく見た目も地味で、活発ではなかった。日々、五時半には起きて、六時には家を出る私は、受業中よく居眠りをした。そんな時久江はそっと私を起こしてくれた。

ある朝、始業時間の八時十五分ぎりぎりに校門を潜ると、二階の教室の窓から、たま子の声が飛んできた。

「オエイ、今朝は、ハッキンのごミサよ。何でもっと早く来なかったの」

私は立ちすくみ、同時に気付いた。今日は月の最初の金曜日で、カトリック信者は初金《はっきん》と呼び、校内の聖堂で早朝ミサがある。このミサに九ヶ月続けて参加し、聖体拝領をした者は、罪に汚れたまま死なずに済む、と教えられていた。しかし遠距離通学者に関しては、学校側も大目に見ている。堂々としていれば良かったのに、その日は週の終りで疲れが溜まってもいた。

「知らないわよ、ハッキンなんて。そんなの、やりたい人がやればいいの」

教室に入り、学生かばんを荒々しく席に置いた。「信者のくせに」という言葉は聞こえなかったが、周囲の冷やかな視線が体を刺すように感じられた。

高校に進学した四月、結核の三姉が喀血のショックで亡くなった。葬儀の後、義兄は引っ越していく。まもなく兄と妻子も、東京小石川へと移動した。

父はその頃に前立腺炎を発症し、手術後寝たきりになり、排泄もままならなくなった。母は、父の世話が終ると身体を横たえて休息していた。起き上がると布団の傍らでコンタツを繰り祈っていた。しかし、私の身体は老いた両親と関りなく、健康に発育し、胸や腰に女性らしいふくらみを持つようになっていた。夏休みになった。病人の匂いに満ちた家にも太陽は注ぎ、浜辺の広告塔から流れる賑やかな音楽は家の中まで届いた。私は母の洗濯を手伝いながら、その音を体のなかの血を揺さぶる槌の響きのように聴いていた。

「これ終ったら、泳ぎに行っていい？」

母は無表情のまま「いいよ」と言った。まもなく物干し台から降りて水着に着替え、浜へと走った。浜の中央には射的屋などの遊技場が並んでいた。卓球場のそばで、派手な柄のシャツを着た男に声をかけられた。見ると髪の毛はポマードで固められ、その匂いが鼻を突いた。世間ではこういう男を〝不良〟と呼ぶと知っていたが、笑みを返した。男は葦簀《よしず》張りの小屋で氷あずきをおごってくれた。食べ終わってから、怖々と父が家で寝ていることを話し出すと、目を細めながら聞いてくれた。笑うと桃色の歯茎が見えて、その笑顔が人懐っこく感じられた。

男と浜で泳ぐようになった。

ある日男は、「今度の日曜、朝早く泳ごう」と言った。日中は海水浴客で混雑が激しい。

「でも私、日曜の朝は、教会のミサに行くの」

と言うと、男は身をよじって笑い出した。

「おいおい、エイコさんよぉ、アーメン、ソーメンの教会にまで、手を延ばすようになったのかよぉ」

私はすぐにその言葉の意味を解さなかった。しばらくして男が、教会などの集会場は、異性を求める場所でしかない、と考えていると分かる。その笑い方はどう見ても上品ではなく、信仰どころか教養のかけらも感じられなかった。それでも男の笑顔を嫌うことは出来なかった。それからもその不良とは何度も会った。

……二学期がはじまる少し前、男とは別れた。鎌倉カーニバルの最後の日、男は年上の美しい女を連れて、私の前に現れ、海辺のダンスホールの中に消えて行った。

……秋風が吹いて、だれもいなくなった浜を見た時、寄せては返す波の動きに、妙な誘惑を覚えた。生れて初めて感覚であった。細やかで、優しい波音が鼓膜を突いた。その水に触れたい思いが溢れた。傷付いた心を包んでくれるだろう。砂浜から波打ち際に向って数歩歩き出した時、どこからか鳩が二羽飛んできて、行く先の足もとに止まった。種々の鳩は、鶴岡八幡宮の境内に多く生息し、由比ヶ浜海岸にも姿を現わすのだった。気が付くと足は止まり、〝学校に戻りたい、友達のいる学校に〟という思いが湧いていた。

……私が死に誘われたのは、あの時一度だけだ。無意識のなかの〝学校と友達の存在〟が私を引き留めた、と思われる。

六　本を手にして

その頃、焼けビルを改装した校舎の端に図書室が出来た。私は本を手にして、電車に乗るようになった。夏目漱石の『こころ』を読み、人の心の複雑さ、奥深さを知る。志賀直哉の『暗夜行路』を読む。表題の、暗い夜、という言葉とその確固とした文体に心惹かれる。ドストエフスキーの『罪と罰』米川正夫訳を読む。〝罪〟という言葉に、怖さを覚えるのは子供の時と変わらない。それでもいつのまにか読書は、心の支えになっている。病人の父は、私が高二、高三になっても寝たきりのまま生きていた。褥瘡《じょくそう》がひどくなり、母は日に一度膏薬を貼り変えなくてはならなかった。

卒業を前にした一九五二（昭和二十七）年秋、教室でシェイクスピアの『ヴェニスの商人』の立ち読み会が行われた。教科書に、その抜粋部分が載ったことが、きっかけになったのだ。国語の女性教師が立ち読み会を企画し、マリこと、寛まり子がその助手を務め、配役その他を決めていた。私や久江は選ばれなかったが、たま子はシャイロック役に選ばれていた。いつのまにか〝敵性語〟という言葉は消えていた。

その日、教壇上に並んだ人たちによって立ち読み会は開始された。たま子がシャイロックの第一声を発した時、皆は驚きの声を上げた。平素の高い声からは想像もつかない低く濁った声で、あの金持ち商人シャイロックの含みのある台詞を読み、その役柄を表現していたのである。私はそれまで知らなかったたま子の人格を、いやその才能に接して、怖さを覚えていた。アントーニオ役の川辺敏子も凛々しく、金持ちの女相続人ポーシャ役の成瀬美紀も適役に思えた。私たちはその少し前、宝塚歌劇団が演じた『ハムレット』や『ヴェニスの商人』を東京の劇場で観ていたのである。

年が明けて、皆は卒業して学園に別れを告げた。

川辺敏子はすぐに結婚して、港区の豪邸に住み、たま子、美紀は短大に行き、コンは東京のドレスメーカー女学院に、久江は家業を手伝うようになり、私は兄の家から鎌倉にやっと帰った。四年制の大学に行ったのは寛まり子だけだった。

一年遅れで入った鎌倉の洋裁学院の帰り道、私は御成通りの小さな書店に寄るようになる。まだ洋一とも出会っていなかった。私は将来に不安を感じていた。

ある日、書店を出たところで、「エイコさん」と声をかけられた。見ると、洋裁学院で、顔馴染みになった石川喜久子さんの顔が見えた。「あなた本が好きなのね」と言って紅を塗った口を大きく開けて笑った。服装もその化粧に勝るほど華やかだった。しかしその自由な身造りには、人目を気にしない伸びやかな心が感じられた。後にキッコと呼ぶようになったこの人が、鎌倉で出会った初めての友人となる。

まもなく私は小説を書きはじめる。大学ノートに書き留めた読書感想や、日常の思いを書いた日記などから、さらに表現を深めたい思いがあった。母は日曜の朝になると、

「いっしょに、教会のミサに行きましょう」

と声をかけてきたが、布団のなかから出ようとしなかった。いつか私は煙草を吸いながら夜中に小説を書くようになる。本は手当たり次第読んだが、キッコのような人目を惹くお洒落もしたかった。結婚願望が湧いていた。それは、この家、兄に支配されている家から脱出したいという願望と並行していた。三姉の結核に感染した四姉はその治療によって婚期を逸し、近隣の女性が経営する近くの酒場で働くようになっている。夜になると、酒に酔った三姉が帰ってくる。その声が私の耳に届く。四姉はやがて、故郷麹町に近い東京四谷で一人住まいをし、その部屋の炬燵のなかで孤独死の後、隣室の住人に発見される。遺体解剖をする監察医務院の車を見送った時の私は、悲しみより寒さを覚えていた。

鎌倉旧市内には、狭い路地が点在し、舗装もされていなかったので、雨上がりの日はあちこちに水溜まりが出来た。ある休みの日、私は鎌倉座で知り合った倉田洋一と路地を歩いていた。先に歩いていた洋一が軽く後ろを見て言った。

「水溜りがあるよ、足もとに気を付けて」

私の心に暖かい風が吹きこんだ。海に近い洋一の家の庭には黄色いペンキを塗った犬小屋があり、内部に毛の長い犬がいた。犬小屋は自分の手作りと言い、「色がちょっと派手だったかな」と照れ笑いする洋一には、温和な印象があった。

来年大学を卒業する洋一を、結婚相手として意識するようになる。恋人関係は一年ほど順調だったが、洋一の就職を境に、ずれが生じた。結婚の話は当分お預けとなる。その間私は小説を書いた。父は相変らず寝たきりで、母は世話を続けていた。母はその間も、「こんな病人は死んだほうが良い」とは言わなかった。戦後色が濃かった昭和二十年代の最後の年、その十二月に父は、家族に見守られ息を引き取る。

七　結婚

長い春が終り、洋一との結婚がやっと決まった時、母は私以上に安堵の表情を見せていた。

その折に、姑や義弟と同居するかしないかで少し迷った。母は教会の売店から木製の十字架と新旧の聖書を買って来て、「持って行きなさい」と言った。私はその夜、旧約聖書の黙示録のページを開いた。ところどころ、心を動かす言葉があった。

〝あれほどの富が　わずか一時間のうちに無に帰してしまうとは……〟

東京大空襲をすぐに思った。

〝開かれた天をわたしは見た。すると　そこに一頭の白い馬が現れた。〟

その〝白い馬〟は悪しきものを振り払う、正義と平和そして勝利の象徴だった。人に優しくしなくてはならない……、という思いが湧く。

深夜にページを閉じた時、洋一の家族との同居を受け容れよう、と思っていた。経験豊かな母の宗教的な手練に、私の心はいとも簡単に動かされていた。敗戦から十三年、級友たちは、結婚しはじめていた。久江は付き合っていた男性と結婚し、兄一雄も見合い結婚をして若い妻を迎えた。野川たま子も見合い結婚し、繊維商の次男坊と九段の母校の近くで暮らしをしている、と聞いていた。後になって知ったが、たま子はその地に住んだことによってかつては担任であった修道女に繁く会い、洗礼を受けることになったという。

同居を決めて嫁入りした家には、漆黒の仏壇が置かれていた。

「孔雀の模様だよ」洋一は上部の、透かし彫りの箇所を指差し、教えてくれた。よく見るとその顔や広がった羽根が確認出来た。それは私の心を和ませた。その頃はまだ、"孔雀は毒蛇を食う〟という話、諸毒を除くとされる孔雀明王の名は知らなかった。

未亡人暮らしの長い義母梅子は、毎朝線香を燻らし、鉦を叩き、手を合わせていた。洋一の親族会社勤務は続いていた。代々親族では長男がその会社に入ると決められていた。給料は安く、暮の賞与を〝餅代〟と言うなど、体制も古く、足踏み状態が続いていた。梅子は、洋一と同じように細身で、いつも着物で暮らしていた。午後になると私を相手に茶を飲み、昔話をした。

「私の三十代は、戦争で滅茶滅茶になったわ」

二年ほど前に、結核の外科手術を受けている梅子は、何かに付けてそう言った。大学時代ラグビーの選手だったという義父の病死は、敗戦直前の春と聞いている。

私は、結婚前に母が、「娘を、どうか教会に行かせてやってください」と頭を下げたので、日曜のミサには行ったが、キリスト教が自分の心と厳しく向きあう宗教であるなどの美点を、姑や夫に語ることをしなかった。末っ子である私は、自己主張にもなる布教が苦手だった。その結婚から一年後、カトリック信者の母がくも膜下出血で天に召される。

その後私は男子を産んだ。その子が二歳になった冬、義母梅子が心臓病で亡くなった。

一周忌を待つこともなく、私は少しでも収入を得ようと、二階貸しをはじめた。これは実家の経験が役に立つ。同居する義弟ジロは大学時代父親と同じラグビー部に所属していたが、体型は母親似、背は兄洋一より高かった。そして観光会社に就職後、市内の娘と結婚することになっていた。娘は私より七歳下、印象はよく見かける〝鎌倉のお嬢さん〟であったが、何度か話をするうちに、金銭感覚が私と大分違うことが分かる。ある朝電話をかけてきた。高ぶった声で「今朝の新聞広告見ましたか。今日から横浜元町のセールが始まりましたよ」と言う。誘っているのだろうか……。戸惑いながら私は答える。「安月給で買えないから、いつも広告は見ないで捨てるの」……電話の向うに沈黙が流れる。

その頃、結婚して近くに住む、洋裁仲間のキッコが頻繁に訪ねてきた。鎌倉市内のミッション・スクールの卒業生で、両親も揃っていたが、豪快な笑いには心の広さが感じられ、心強く思っていた。そのさなか、私はふたり目の子供を産んでいる。

ジロが金銭問題で警察に捕まった時、洋一と私は四十代になっていた。ジロは結婚以来、高級車を購入するなど、派手な生活をするようになっていた。兄洋一の受けた衝撃は大きく、心労から見る見る体重を落とした。かつて鎌倉のお嬢さんであったジロの妻は実家に帰り離婚を表明していた。西暦で、八十年代と言われる経済成長の頃、社会でも似たような事件が起きていた。私は子供たちへの影響を何より恐れた。

「私も協力します。子供たちのためにも」「有り難う、頼む」

洋一はそう言って頭を下げた。しかしその仕事は簡単ではなかった。保釈金により釈放された後、ジロは行方不明になった。債権者は、洋一の会社に電話をかけ、やがては鎌倉の自宅にも電話をかけてきた。日中受話器を取った私は、脅しめいた男の声を聞いた。

「弟さんの所在を知りたいのです」「存じませんが」

「それなら、お兄さんに払ってもらいましょう」

「法的に言って、私共に……支払いの義務はありません」

夫が静岡支店に出張した夜、ジロの知り合いという女から電話があった。

「私は騙されました。結婚するというから……、あの人にお金を出しました」

泣き声を聞いた後、私は突き動かされたかのように、信仰の話をした。

「人はそれぞれ十字架を抱えています。苦しみ、弱さ、孤独の十字架です」

少し前に、教会婦人会の仲間と共に、富士山に近い静かな修院を訪れ、その静かな庭と大根の葉の延びる畑を散策し、聖堂でのミサに参加してきたばかりだった。その喜びを伝え、修院の名前と住所を教えた。女は礼を言って電話を切った。しかし次の夜、また電話のベルが鳴り、「お金返してください」と叫んできた。私の布教は見事に砕かれた。

翌日になるとまた男の電話になる。「奥さん、奥さんねえ」と男は凄む。

「人間としてそれでいいんですか？　罪キュウゾクにおよぶ、という日本のオキテをご存じないんですか?」「キュウゾク?」

「そうですよ、犯した罪は、九親族まで累をおよぼす、ということです」「そんな…」

その瞬間、私は、子供の頃に馴染んだ麴町教会の告解室を思い浮かべていた。

……狭い部屋、ニスを塗った木の壁の匂い、神父と会話する小さな窓が静かに開けられる。境にある窓格子と薄いカーテンの向うには、これから告解する入室者の声を聞く人影が映っている。数え年八歳でカトリック教会の初聖体を受けた。それは神と初めて一体になるという、日本で言えば七五三の祝い、とも言える儀式だ。そのための準備として、小さな告解室のなかで告解をする、という初体験をしなければならなかった。部屋は、人ひとりが入れるだけの大きさだった。その部屋に入り跪くと、緊張感で動悸が高まる。私には吃音が少しある。十歳に満たない私は、持てる力を絞って、

「母に……、嘘を付きました。友達の……、悪口を言いました」

と告白し、罪の許しを得た。窓格子の向うで、神父は「ご安心なさい」と応えてくれた。あの部屋は、自分が犯した罪を自分で背負い、そして神父を通じて神に許しを乞う神聖な部屋だった。それなのに……。今になって、人の犯した罪を背負えというのか。これが私の背負う十字架なのか。

八　本当のことを言っても

年に一度、東京でS学園の級会が行われた。子育てで忙しかった時代は過ぎ、中年になるとその出席者も多くなった。あの手紙の署名以来、たま子に会ったのは、ちょうどその頃、五十歳を目の前にした級会だった。そのクラス会の日、笹野久江は出席していなかった。風の便りに、近くの商人との結婚は破綻し、数年前に離婚したと聞いていた。たま子は私に会うと懐かしげに涙をこぼした。しかし、時折豹変するところは変わらなかった。私は義弟の事件以来、気持ちが衰弱し、世間への怯えも抱えていた。

涙を拭かないまま、たま子は言う。

「オエイ、私、洗礼を受けたの」「まあ、それはおめでとう」

「天国泥棒になろうと思って」

天国泥棒とは、成人してからの受洗者がしばしば使う。修行の期間が短くても天国に行かれる、という意味だ。照れがあるにしても、浅慮な言葉に思えた。もしかして、洗礼を受けるに至った気持ちの底には、久江の書いた手紙、私が署名したあの手紙が関っているのかもしれない。しかしそう思いたくない気持ちもあった。ともかくその級会がきっかけでたま子との付き合いが復活した。たま子は電話が好きで、家事の片付く午後になるとよくベルを鳴らしてきた。

私はジロの事件以来、だれかに胸のうちを聞いてもらいたくてたまらなかった。

「義弟を追っている債権者から、電話がかかってくるの。お金を返せ、と言うの」

「あら、面白いじゃないの。テレビドラマみたいで」

私は言わなければ良かったと悔やんだ。数秒間黙っていると、たま子は話題を替えた。

「娘がカナダで結婚したの、仏蘭西系の人よ」

「それはおめでとう」祝いの言葉を述べるのが精いっぱいで、それ以上何も聞く気にはならなかった。

一ヶ月ほど経った午後、たま子は弾んだ声で電話をかけてきた。

「パパのお兄さんが亡くなったの」

たま子は、自分の夫をパパと呼んでいた。私は電話口でお悔やみを述べた。

「パパのお兄さん、凄い鎧兜を、持っていたの」「よろい、って、昔の武士が使った……」

「そう、家に代々伝えられているものなの。大きな桐の箱に入っているの、家の居間に、あの箱を置いてみたかったわ」

次男坊の嫁として、たま子の欲しかったものが、土地や家屋でも、現金でも、株券でもないことが意外だった。おそらくその、鎧、兜の一式は、家長権力のシンボルであったのだろう。

しかし、こちらは長男の嫁として厄介な事件のなかにいる。私はたま子の話をほとんど上の空で聞いていた。すると突然たま子の声音が変った。

「お義弟さんを、助けてあげたらいいじゃないの」「そんなこと言っても……」

「助けなさいよ」高圧的な言葉に、反論した。

「義弟と言っても、もう中年男よ。すべては自己責任だわ」

負けずに言い返す私に対し、たま子は少し沈黙した後、言った。

「オエィ、小説書いているの？」このところ、それどころではない。

「だらしないわね。書きなさいよ」いつもの笑い声が耳に入った。

「昔、届いた連名のあの手紙、……私、取ってあるわよ」

息が止まった。こんな時にその話が出るとは、思ってもいなかった。

「あの文はオエィが全部作ったのでしょう。それをチャエに書かせた。名文だったわ」

「とんでもない、書いたのは、私ではない……」

衝撃が強く、後の言葉が続かなかった。

チャエこと久江の訪問の経緯を話し、階段の途中に座り、署名した、と伝えたかったが、黙っていた。何故か、久江を悪者にしたくない気持ちがあった。……それにしても、たま子の私への攻撃は激しかった。事件の第一関係者である久江を攻撃していない。少なくとも私の耳にその話は届いていない。何故だろう。銀座の書道教室に参加しなかった、いや参加出来なかった私には、分からないことが多くある。八つ当たりのような気もするが……。

「エイコは、いつもじぶんを正しいと思っている人だわ」

電話はそこで切られた。私はしばらく動けなかった。

……本当のことを言っても、たま子は「オエイは嘘つき」と返してきたかもしれない。それなら何も言わない方が良い。そう自分に言い聞かせ、数分後に受話器を置いた。

ヴァージニア・ウルフの精神病は遺伝的なものだったと言われている。しかも精神異常は彼女の母から遺伝したもので、父親のスティーヴン家からではないとされる。父親は無心論者だったので洗礼を受けていなかったが、洗礼時に決められる一種の代父母は与えられていたという。

神経症の最初の病相（ブレークダウン）は、母親の死んだ時に起こり、二回目は父親の死後に起きている。そのウルフにレナードという配偶者が現れたというのは、奇跡に近いことだった。四人の医師に相談して、レナードとウルフ夫妻は子供を持たないことを決める。それは賢明な選択だったという説もある。

ウルフが、マンクス・ハウスの庭先にあるウーズ川に身を投げて自殺をしたのは、五十九歳のときである。数々の精神病歴を見るとウルフがこの年まで生きたことが不思議にすら思えるが、それは夫のレナード、姉ヴァネッサなどの支えがあったとされるが、何よりも作品を書いてきたから、病気と闘えたのではないか。

九　英会話教室

ジロはその後再婚し、その妻と暮らす都内の集合住宅で病死している。借金問題は未だ解決してはいなかった。洋一は、家代々の墓への納骨を拒否した。問題が山積するさなか、有能そして心ある弁護士を紹介してくれたのは、離婚後自立した実家の次姉だった。離婚という経験から多くの知恵を学んだ次姉は、こうして私たち夫婦を助けた。次姉は、その数年前に、文部省主催の芸術祭音楽部門、奨励賞を受けている。

私は、やがて小さな楽しみを持った。神奈川県国際交流協会主催の、英会話教室に飛び込んだのである。それは、キッコとその夫君が若い頃アメリカに在住していたことから、影響されてのことだった。

協会で招聘した講師は、英吉利にルーツを持つという、メリーランド州在住のアメリカ人、ジョン・C・シソンだった。私は週に一度横浜の山下公園近くの教室に通った。一年半ほど経った夏、私の家に短期ホームステイの依頼があった。メリーランド州のジュニア・ハイスクール教師二名と、生徒たちが来日する。人選はシソン講師に任せた。中学生を預かると予想していたが、割り当てられたのは、中年の女性教師ジョージア・ウッドラフだった。ジョージアの肌には色があり、身長体重のある〝巨体〟女性だった。由比ヶ浜海岸の花火大会の夜、二階の物干し場に案内すると、その重さに張り板がミシッと音を立て、大声で笑った。明るく優しい人柄の女性だった。

「どうして、ジョージアを私の家に泊めると……」後になって、ジョンに尋ねた。

「ミセス・倉田なら、彼女を受け容れてくれる、と思った」

「ありがとう。彼女も、私を受け容れてくれました」そう言って笑みを返した。

その後、教室の生徒がメリーランド州を訪問することになり、私も参加した。ステイするのはもちろんジョージアの家である。到着してすぐ、私はその家の洗濯機の大きさに驚いた。浴槽のようにも思えた。日本ではLサイズと言われる私のシャツを見て、ジョージアは「スモール」と言って笑った。堅苦しい基準が吹っ飛んだように思えた。

ジョンやジョージアとの交流に刺激を受けた私の心は、やがて慶應義塾大学の通信教育課程へと向う。読書の習慣は続いていた。英吉利のカトリック作家、グレアム・グリーンの書『事件の核心』他多数読んでいた。旅行中、ペンシルヴァニア州、南北戦争の激戦地、ゲティスバーグを見学したので、亜米利加文学にも興味が湧いたが、最後に選んだのはウルフだった。大学を卒業して二年目の冬、検診で肺にがんが発見された。執刀医は、築地の国立がんセンターに勤務する医師で、夫の小学生時代の級友だった。手術の日は、一九九八年一月二十日である。退院後、私は〝告知〟〝手術〟〝退院〟などの闘病記を書き、そのためにウルフの研究から離れた。キッコは鎌倉から何度も見舞いに来てくれた。二十世紀末になって、恩人の次姉が病死し、その一年後の十二月、唯一の鎌倉の友人キッコが急死した。

これまで、如何に人びとに支えられて生きてきたか、呆然自失しているうちに、二十世紀が幕を閉じ、二十一世紀が始まった。私は、健康が許すかぎり家で小説を書いた。M文学誌での掲載が復活し、それらをまとめて一冊の本にした。

その頃、S学園の〝湘南会〟に誘われた。鎌倉をはじめ藤沢、茅ヶ崎などに住む学友たちの集りである。かつてはグループが違っていたが、地の利で参加するようになる。たま子から由比ヶ浜教会への転入の知らせがあってから、一年半ほど経った春、藤沢のM会館で昼食を取っている時、思いがけない話を耳にした。

「野川さんが、ご主人のご病気の介護をしていて、大変なのだそうよ」

それも親しい友人たちに、嘆きや訴えの電話を頻繁にかけてくるという。

「お酒を飲んで、酔っている時の電話もあって、みんな辟易としているそうよ」

この話は、かなりの学友が知っているようだった。

私は、戦後、父の介護に明け暮れた母の労苦を思い出していた。しかし、二十一世紀の今は時代が違う。専門の介護士もいる、介護用品も市場に出回っている、いざとなれば預ける施設もある。そのくらいの経済的余裕はあるはずだ、と考えて、心配を打ち消した。

たま子は私に連絡をしてこなかった。もちろん嘆きや訴えの電話もなかった。そして再度、同じ会の集りに出向いた時、私はもう一つの、たま子の苦しみを知った。

「野川さんの、娘さんの結婚相手ね」

「仏蘭西人と聞いたけれど」

「肌の色が違うそうよ」「まあ」

「それも野川さんの悩みのひとつ、と聞いているの。ご主人がその人と娘さんとの結婚をどうしても許さず、面会もしないと。……S学園の卒業生のなかには、肌の色が違うと言うと、今でも眉を顰める人がいるそうよ」

江ノ電で偶然会い、品川まで同行した折、妙に静かだったたま子の様子が理解出来た気がした。

十　ウーズ川は流れる

たま子にふたたび会ったのは、二〇〇八年夏の午後である。ＪＲ鎌倉駅の東と西を繋ぐ地下道のなかには蝉の声が充満していた。私は西口方面から歩いてくるたま子に気付いた。歳を重ねたと言っても、その美貌も歩き方も変らなかった。しかしいつになくぼんやりしているように思えた。噂が気になっていた私は、地下道を横切り、たま子に近付いた。

「私よ、エイコ」すぐに気付いた様子で、私の顔を見詰めた。

「オエイ、太ったわね」その細い手が私のふくらんだ顎に触れた。不快になった私は、

「人間は中身よ、中身が大切」と言い返した。たま子は微かに苦笑を浮かべ、

「街で、オエイに会うかと思って、探すことあるのよ」

と返した。それは本音のようにも聞こえたが、優しい返事が出来なかった。

「オエイ、元気でね」

たま子はそう言って、地下道を去って行った。

それから五日後、秋の三連休になった。その夜、家の居間の電話が鳴った。電話機の着信音は甘いセレナーデに設定されていた。受話器を取り音楽が消えた途端に、電話の向うから尋常

ではない声が聞えた。女性と思われる声は震え、嗚咽していた。私は立ったまま傍らに座る洋一に、妙な電話だという意味の目配せをした。受話器の声はやっと、言葉を発した。

「高井です」それはたま子の現在の姓だった。

しかしその声は、甲高い野川たま子の声とは違い、低音で縋り付くような声であった。

「野川たま子の娘です」相手が分かった時、悪い予感に包まれた。

「何か、あったのですか」

「母が亡くなったのです」一瞬沈黙する。

「……私お会いしましたよ、ついこのあいだ、街で」

「あの、母は亡くなりました」二度言われて私は、体勢を立て直した。

「あなた、カナダに」

「ええ、たまたま母の誕生日で、帰っていました」

私はただの、死の知らせ、ではないことに気付きはじめていた。

「母は、父の介護に疲れて死んでしまいました。どこで葬儀をすれば良いのか……」

「と言いますと」

「母は、カトリック信者として、してはいけないことをしてしまいました。……自ら、水に入ったと思われます。それも鎌倉ではない遠方の海に……、今朝、その町の警察署から連絡がありました。……教会で葬儀をしてくれるかどうか」

たま子の娘は、カトリック教義の内容は知っているようだった。

「私……、久しぶりに帰ってきてすぐに、母と大喧嘩をしたのです。原因は父の介護のことでした。カナダでは、私の住むモントリオールでは、老人が老人を介護するようなことは、まずありません。家族が参ってしまう前に、行政が手を差し延べるのです。それで、父を施設にいれることを勧めているうちに、言い合いになり……、母は、怒って家を……」

たま子の娘の声は震え、泣いていた。感情的になって、家を飛び出した時のたま子の様子が、目に浮かぶようであった。

「母の、教会の籍は、どこにあるのでしょう？　上村さん他色々な方にお訊ねしましたが分からなくて……」

何人かの級友に電話をし、最後に私の家に辿り着いたらしい。

「お母様の、教会の籍は、鎌倉の由比ヶ浜教会にありますよ」

私は、かつて電話連絡のあったことを話し、さらに、ミサ後に転入者として名前を読み上げられたのを聞いた、と話した。

「教会の電話番号お分かりでしょうか」

家の電話帳を広げる私の手は震え、目の焦点も定まらなかった。そしてやっと教会の番号を

探し、昨年から主任司祭となった千葉神父の名と共に告げた。電話の向うではメモを取ってい
る様子だった。その間考えていたのか、
「あの、……事実を話したら、断られるでしょうか？」
と問いかけてきた。「さあ、それは私にもよく……」少し考えて、
「……正直に話した方が良い、と思います。私倉田エイコの名前を出しても構いません」と
言った。私は、昨年春から一年間、教会報「道しるべ」の編集を手伝い、千葉神父とは顔馴染
みになっている。
「そうさせて頂きます」たま子の娘は、礼を言って電話を切った。
しばらくして、同じ声の電話があった。
「由比ヶ浜教会の千葉神父様が、葬儀をお引き受け下さるそうです」
「そうですか。それは、よかった」
私はそう言って、受話器を置き、洋一にその旨を報告した。大きく頷く顔を見て、私の心は、
少し落ち着きを取り戻していた。
由比ヶ浜教会は、家から歩いて五分ほどのところにあった。
私は翌日、教会事務所を訪れ、常勤の男性信者さんに、「学友の葬儀をすることになりまし
た。よろしくお願いします」と頼んだ。

教会の門を出て、自宅に向かう途中、……それにしても、たま子の葬儀の手配をすることになるとは……、神の導きなのか、不思議な感覚を覚えていた。

数日後、由比ヶ浜教会で通夜が行われた。たま子の娘は、カナダから駆け付けたという夫君とともに出迎えてくれた。

「主人は牧師の息子なのです」

紹介してくれた男性は、噂どおりの人だったが、礼儀正しく真摯な面持ちで、義母の死を悲しんでいる様子が感じられた。私は安堵して頭を下げた。祭壇に棺はなく、すでに小さな骨箱になったたま子が安置されていた。

私は聖堂の中ほどの席に着いたが、川辺敏子、上村洋子、成瀬美紀、筧まり子をはじめとして、何年も顔を合わせていない東京在住の級友が、次々に聖堂に入り前方に着席する。私は落ち着かない気持ちになった。六十年前に、遠距離通学を選んだのは私自身だったが、片道二時間の距離は結局埋められなかった。胸の動悸がその証拠だった。私は出来る限り心を鎮め雑念を振り払い、正面に立つ十字架のキリストに向った。

通夜の儀が進行し、神父が灌水器を持った時、私は「どうか、たくさん聖水をかけてあげてください」と祈った。真ちゅうの棒から滴る雫の先を、これほど真剣に眺めたことはなかった。

聖歌隊の女性たちは全員ボランティアの信者さんだった。見ず知らずのたま子のためにオルガンを弾き、聖歌を歌う人びとの声が、荘厳な響きとなって聖堂に満ちた。声が静まった後、千葉神父の話がはじまった。

「私は、正直に言って、この方にお目にかかったことはありません」

緊張を感じた。神父はどんな話をするのだろうか？

「……この方は、平素はとても明るい方だった、とご家族から聞いております。そして、晩年、ご主人の介護でご苦労の末に亡くなりました。」

神父は四十代後半で、戦争を知らない世代だった。

「……人は、どうして難儀の末に死ぬのか。その点の謎は残ります。しかしヒントはあります。キリストが、民のために苦しんで死んだことが、それです。つまり神の救いとは、その人の生きざまを、すべて受け止めてくれることではないか……と」

そこまで聞いて私はふたたび安堵し、心の底から感謝の思いを抱いた。やがて祭壇に花を捧げる列が続いた。

通夜が終わったあと、聖堂の出口付近で多くの学友に出会った。

「エイコ、有難う」「最後にたま子に会った友人は、あなたですってねえ」

「たま子は、あなたに会いたかったのよ」

「偉いわ。あなた喜んで、この教会を紹介してくれたそうねえ」などと言われた。

老いた学友たちであったが、若き日に全身で感じた、女の園の空気は変わらなかった。

その時私は他のことを考えていた。

……人間はいつも、何かのボーダーラインの上に立っているのではないか。波を目の前にしてその先に進むのも、引き返すのも一瞬の動作で決まってしまう。私の浪人中の挫折も、鎌倉で夏の強い日差しを受けたゆえに、潮の刺激的な香りが鼻を突いたゆえに、予備校の暗い教室と黒板、辞書や年表のかび臭い匂いを忘れたのかもしれない……。

たま子はご主人の介護に疲れた自分を〝オエイお願い、助けて〟と、言ってこなかった。それは私に対し最後まで意地を通した、ということか。結果として、友人の誰もたま子を助けることが出来なかった。後ろめたさがないわけではなかったが、たま子の死そのものに罪の意識は生じなかった。

翌日午前中に、葬儀ミサが行われた。時間より少し前に家を出た。ひょっとして笹野久江に会えるかもしれない、という気持ちがあった。電話でたま子の死を知らせると、久江は、「そんな」と絶句していた。葬儀の日時を伝える私の耳に、メモを取っている様子が感じられた。しかし昨夜も今日も、笹野久江の姿はなかった。まだ店に出ていると聞いていたから、忙しいのかもしれない。来られない理由でも……あるのか。推測は無用。……私は、この聖堂のなかで、祈るという役割を果たせば良い。

オルガン奏者と聖歌隊の人たちは今日もまた働いていた。ミサの半ば、聖体が神父の手で高く掲示されたとき、たま子への哀悼を籠めて、深く頭を下げた。

戦災で焼ける前の、麴町教会の庭が瞼に浮かんでいた。白粉花《オシロイバナ》の黒い実を潰すと中から白い粉が現れた。どの実を潰しても同じだった。「だから、オシロイバナと言うのよ」姉たちが笑いながら教えてくれた。〝もう一度生まれるとしたら、戦争のない時に……〟そんな言葉が、死者たちへの祈りとなって胸に溢れた。

神父をはじめだれ一人として、たま子の死因を口にしない二日間であった。

「遺書は？」昨夜に続いて参列していたコン、上村洋子に尋ねた。

「なかった、そうよ」「だったら、事故かもしれないわね」

私は、気休めにそう言ったが、ことを荒立てない配慮に過ぎなかった。

敷地内の信徒会館には軽食が用意されていた。そこで葬儀を引き受けてくれた千葉神父に「有難うございました」と礼を言った。少し話したい気持ちが湧いていた。これまで自死について、神父と話したことがなかった。もちろん離婚についても話していない。

「私は、古い時代の人間ですから、考えが硬いのかもしれません」

「そうですか」神父は、ただ微笑んでいた。

「カトリック教会は、変わったのでしょうか？」

「変わったところもありますが、変わらないところもあります」

瞳の奥に、厳しい光が感じられた。私は思い切って訊ねた。

「人が、自らの命を絶つ時、すでに死にたいという心の病気に犯されているのではないでしょうか？」〝病気なら、罪ではない〟、という答えを望んでいたのかもしれない。

「私には、信徒に媚びない、という覚悟があります」

神父は微笑みを保ったまま、そう答えた。頼もしい言葉に思えた。

「本当に、有難うございました」礼を重ねて会館を後にした。

教会の門に向かう道には野菊が咲いていた。水仙の花も間もなく咲く。奥に建つ聖マリア像はいつもの通り、無言で右手を開き、左手を胸に当てている。疲労のなかにも安堵が湧いていた。長い歳月、鎌倉の人びと、その環境に助けられてきたことは間違いない。胸の閊えとなっていた東京への思いが、薄らいでいるのを感じていた。

数日後、卒業論文のウルフ研究で使った多くの資料に目を通した。

ミスがあったのは、やはりウルフがロンドン人であることを強調しなかった点である。生まれ故郷、育った土地、それがロンドンであった作家ヴァージニア・ウルフは、生粋のロンドン女性であった。療養のためロンドン郊外のリッチモンドに、夫レナードと共に九年間住むことになるが、健康には良かったものの、〝大好きなロンドンに帰り、友人たちと接触し刺激されたい〟と、日記には書いている。

どんな歩き方をする女性だったのだろう。爪先を真っ直ぐ前に向けて、オックスフォード・ストリートを歩いたのではなかったか。一八八二年生れのウルフには、二十一世紀今日の新課題として議論される、ジェンダー意識も強くあった。『三ギニー』では、さらに、戦争を未然に防ぐために、〝女性に何が出来るか?〟を書いている。

ウルフに関連する著書は、二階の南西に向いた六畳間に置いてあった。かつて私の息子が使っていた部屋だ。

その上段に、『ヴァジニア・ウルフ研究』神谷美恵子著作集4（みすず書房）が置かれていた。神谷氏は英文学者から医師になり、精神分析医としてウルフの病を探求した研究者である。私は卒業論文を書くにあたりこの書を熱心に読んだので、各所に書き込みと傍線を残した。そのなかで、書き込みと傍線のなかったのは、最後の章の、〝V・ウルフの夫君を訪ねて〟のみだった。今回私はこの項目に関心を持ち、改めて読んだ。

それは、一九六六年、十一月二十日のことである。場所はロンドンの南西、サセックス、ロッドメルのマンクス・ハウスである。その近くには、一九四一年、絶望の果てにヴァージニアが、身を投げたウーズ川が流れている。

神谷氏の訪問時、レナードはすでに八十六歳になっていた。

二人の会話は、

「心の病気の、人の自殺は、どんなに気を付けても防ぎきれない時があります」

との意見で一致していた。そして、神谷氏は、

「もし私が、過去において受け持った患者の自殺について、いちいち責任と罪の意識を一生負い続けなければならないとしたら、とてもこうしては生きていられないはずです」

とレナードに告げる。「やはり、そうなのですね」

共感する初対面の男女の顔が目に浮かんだ。レナードはその自伝に、妻のウルフがウーズ川に身を沈めてしまった際、じぶんの監視の目が行き届かなかったことを嘆きこそすれ、罪の意識は感じなかった、と書いている。神谷氏はレナードに、無形の宗教に生きた人と、という印象を抱く。そうでなければ妻の精神病を献身的に支え、ウルフ亡きあと、独りで二十八年もマンクス・ハウスに暮す、などというのは不可能だったと思われる。

何度も読み返すうちに、心の病気による自殺は、防ぎようもないことが分かってくる。遺されたものは、

「どうして人生はこんなに悲劇的なのだろう。深淵のうえにわたされた小さな舗道の一片のようだ。下をのぞくとくらくらとめまいがする……」（一九二〇年十月二十五日）

という『ある作家の日記』を含めたウルフの作品群だ。救いはそこに見出せる。

「聖イグナチオいのちを守るプロジェクト」が発足したのは、たま子の死から二年後の二〇一〇年である。それらの活動が実り、二〇一六年、イグナチオ教会主聖堂で「自死された方々に捧げる追悼ミサ」が行われた。このニュースはNHKで報道された。司式の幸田和生司教は、現実の自殺のほとんどが、死ぬしか方法がないと追い詰められてのことが次第に明らかになってきた、そしてその原因に共通している問題は、「孤立」だと話していた。

自死はもはやカトリック教会において罪ではない。

私はたま子の霊に向かって、

「今のニュース、聞こえたかしら、良い話よ」

と語りかけた。

参考文献　神谷美恵子著作集4『「ヴァジニア・ウルフ研究」ある作家の日記』（神谷美恵子訳）『自分だけの部屋』川本静子訳　その他

窓と星

一

一月半ば、休日の午前中だった。居間と隣接する食堂には冬日が差していた。

私はコーヒーにミルクを入れ、無糖のまま飲みながら、近くのクリニックに行っている夫の帰りを待っていた。夫のコーヒーカップの横に置かれた角砂糖が、日の光に反射して銀色を放つ。朗報を待っているせいか、そこから目が離れない。ミルクを好まない夫は、コーヒーに角砂糖を一個入れてそのまま飲む。半世紀余、この異なる習慣は続いている。

まもなく勝手口から入ってきた夫は、封筒のようなものを振り回し、いつにないお道化た声をだして、言った。

「昭和の大スター、ユージローと、おんなじ病気だってサー」

それが検査の結果報告だった。

心配して待っていた私は、

「ふざけた言い方しないで、そこに座ってちゃんと話して下さい」

と言い、新しいコーヒーを整えた。夫がカップに加えた角砂糖が、見る見るうちに溶けていく。

よく聞くと、どうやら馴染みのH医師が、結果を告げる時、話を和らげるためか、石原裕次郎の話をしたらしい。胸部動脈瘤がかなりの大きさになっているとのこと。手に持っていたのはH医師の書いた、大船のS病院への紹介状であった。

夫は、裕次郎と同世代、湘南育ち、片親、かなりの酒飲みという点が共通している。ちなみに妻の私の体質は、アルコールの分解酵素を持たず、飲むほどに別の星の生き物に変貌していくような、想像を超えた快感を味わったことはなく、二日酔いの夫を鎌倉の家から東京築地の会社に行かせるのが、現実の仕事になっていた。夫は八十代半ばを越えたが、まだ中小企業の会長を務めている。

二月初旬、夫はS病院に入院した。S病院はJR大船駅から二キロほど離れた郊外にある。かつては農地や林があった広大な地である。周囲の樹々の緑がそれを証明している。一階ロビーは吹き抜けの天井になっていて、横壁のほとんどはガラス張りで、患者が座る待合席の合間には大きな鉢植えが備えられ、内外共に自然の明るさを感じさせる病院であった。救急病院としても、評判になっている病院と聞いている。

夫の部屋は、六階の二人部屋であった。

翌日個室にて、担当のN医師から詳しい説明を受ける。夫と私の他、息子と娘も同席する。私は二十五年前に、国立がんセンターで、早期の肺がんの手術を受けているので、〝説明〟の体験は初めてではなかったが、当時と違ってパソコンの画像をスクリーンに写しての話で、患部を大きく見せる画面から、目を逸らしたい気持ちになってくる。

さらにその翌日、麻酔科の女性医師より別室での説明を受けた。この日は夫と私のみである。

「この病気の場合、検査で見つかったことは、ラッキーなのですよ」

中年と思われる女性医師は、ゆっくりとした口調で語る。穏やかな眼差しも感じられる。助かる見込みがあるのだろうか。前日と同じ画像を見る。

病院に夕食の準備ができた頃、夫を残して鎌倉市由比ヶ浜の家に帰った。息子と娘は、かつてこの家で育ったが、現在は隣の市にそれぞれ家庭を持っている。一人でいる家に物音はなく、テレビのスイッチを入れる。

「〜中国の武漢で……」というニュースが耳に届く。

「その地で、新型のウイルスによる病気が発生し、広がりつつある……」
というアナウンサーの言葉が続く。嫌な予感が走る。一人取る夕食も、進まない。

二

手術は二月の半ば、午前九時からと決まった。夫の車椅子は九時少し前に六階からエレヴェーターで運ばれ、いったん四階のロビーに入る。近くには一階ロビーを見下ろせる吹き抜けの窓があり、明るい光が差し込んでくる。私は夫の近くの椅子に座り、その表情に目を遣る。白く端正な顔には、特に怯えている様子はない。向う隣りに座る娘はその手を軽く握っている。私たちの前を、医師、看護師、寝台車などが早足で通り過ぎる。どの職員も、奥に四枚ある自動ガラス戸の先と、エレヴェーターを行ったり来たりしている。手術室はその先にあるようだ。

十分ほど待って、奥から声をかけられ、夫は車椅子を押されて、ガラス戸の方角に運ばれていく。平素素面でいるときは、あまり饒舌ではない夫は、「お父さん、頑張ってね」という子供たちの声には頷くが、妻の私に声をかけようとしない。

しかし正面のガラス戸が自動で開き、そこからさらに左折して車椅子が動きだす寸前に、夫ははっきりとこちらを向き、右手をあげて大きく振った。私も手を振り返す。一瞬、眼と眼が合ったように思えた。「行ってくるよ」と挨拶をしているように感じられた。〝待っています〟と呟く間もなく、夫の姿は、左奥へと消えた。

四時間後の午後一時過ぎ、無事に手術が終わった、という知らせが、看護師より入った。

待つあいだ、私は十字を切って祈り続けたが、身体の硬さを覚えると立ち上がり、吹き抜け窓の近くで、ストレッチ体操をした。婚家は長谷観音近くの日蓮宗光則寺の檀家で、家には先祖代々の仏壇が置かれている。生まれ育った家はカトリック教徒の家で、私は生後三ヶ月、母の腕に抱かれ洗礼を受けている。祈りと体操の合間は、現在書いている小説の筋書き、言葉の数々を辿り、あれこれと考えた。

そしてその日はまだ麻酔で眠っている夫の顔を、数分間眺めただけで、病院を後にした。

翌日、私は息子の妻と一階ロビーで待ち合わせ、四階に上がった。目覚めた夫に会えるという楽しみが胸にあった。しかし、ロビーで待っていると、ガラス戸の向うから執刀医のN医師が現れた。嫌な予感がした。N医師は、直立の姿勢で私たちの前に止まり、話す。

「麻酔が覚めたあと、ご主人は名前と生年月日を聞かれると、きちんと答えられました。しかしその後、痙攣を起こしました。現在、その痙攣を止める薬を飲んで、眠っておられます」

「それで、大丈夫なのでしょうか」

私が問うと、

「ご主人は以前、脳梗塞を発症されたことは」

と言う。

「ございません」

私は、すぐにそう答えたが、正体なく酔って帰り、玄関をあがった途端、その場に倒れたことは何度かある。そのようなとき、脳の内部はどうなっていたのだろう、という不安がよぎる。


集中治療室のなかで、目覚めた夫と会えたのは、その翌日のことであった。顔に少しのやつれが感じられたが、患部の痛みなどの話はせず、しきりに「腰が痛い」と言っていた。見ると、ベッドから勝手に動きださないようにするためか、腰をベルトで締められている。それゆえ四六時中同じ姿勢でいるのが辛かったようだ。

翌日、やっと集中治療室からでて、一般病棟に移った。

見舞いに行くと、看護師から、夫は車椅子に座れるようになり、栄養ゼリーを完食した、と聞かされた。私の顔を見るなり、

「早く家に帰りたい」

と言う。私は黙って夫の手を握る。一緒に来た娘が言う。

「お母さん、毎日来るのは大変よ。明日は私が来るから、家で休んだらどう？」

私は少し迷いながらも頷く。

令和二年、二月二十二日夕方、代りに見舞いに行った娘のスマホより、私の携帯に連絡がはいる。〝二階のパソコンに、チラシを添付して送りました。S子〟とある。急いでパソコンを開くと、メールに病院名の入ったチラシが添付されている。そこには、

〝新型コロナウイルス流行のため、本日より患者と家族との面会を、一切謝絶する。〟

とあった。

一瞬意味が解せなかった。文字は確かに読めたが、頭の奥が熱くなり、耳が詰まったような感覚を覚えた。

三月一日、息子と大船駅で待ち合わせをして、S病院に向かった。右手の森から、大船観音の白い顔が覗いていた。病院の玄関で検温を受け、手指をアルコール消毒し、奥の受付でもらった面会許可証を首にぶら下げて、八日ぶりに夫の顔を拝んだ。病室が三階に変わり、四人部屋でも窓際のベッドになっていた。車椅子に腰かけた夫の顔色は戻ってきたように思えた。

「窓際で良かったわねえ」

と私が言うと、「ああ」と頷く。そして、

「この窓から、……ホームセンターの屋上が良く見える」

と呟いている。

「また、材木を買って、何か拵えましょう」

と言うと、「そう……、だな」と返してくる。

……六十数年前の夏、当時はボーイフレンドだった夫、Kの家を初めて訪ねたとき、庭先で見た手造りの犬小屋に驚いた記憶がある。

トタン屋根付きで、小屋には黄色いペンキが、まだらに塗られていた。入口には〝ラッキー〟と書かれた表札があった。飛びだしてきた愛犬の白い毛に、その全ては調和していた。

未亡人の母親が縁先に現れたので、私は挨拶をするために犬小屋から離れた。細身の美しい女性で、和服に結い上げた髪の毛はまだ黒かった。しばらくのあいだ、縁側から犬と戯れるKの後ろ姿を、母親と共に眺めることになった。

Kの細い身体は母親似だったが、白い半ズボンを履いた腰が妙に張っていて、肉付きも良く、その不調和が可笑しく感じられた。

私は「半ズボン、よくお似合いですね」と、笑いを堪えながら言った。母親は、

「亡くなった父親が、ラグビーの選手だったので、この子、大きな腰を受け継いでいるのですよ」

と教えてくれた。部屋の奥には仏壇が見え、その上の鴨居に、その父親の大きな遺影が掲げ

られていた。胸から上の写真であったが、確かに闘志ある表情と頑丈な体格が偲ばれた。

しかしKは、二代目ラガーマンにはならなかったようだ。

大学時代は、演劇部に所属し、舞台に上がらない公演のときは、トンカチを持って釘を打ち、枠に紙を貼って、装置作りをしたという。さらに、

「年の暮れには、家の障子も張り替える。糊は正麩を使って煮る」

と言っていた。当時の夫の家は、襖戸障子戸の多い、純日本家屋だった。

昭和三十年代、男尊女卑の空気が強く残っていた頃、私は二年前に大学受験に失敗したこともあって、それらの印象に強く惹かれ、三年後に結婚に漕ぎ付けた。学年は違うが、同い年だ。つまり私は、Kを好きになり、胸をときめかし、愛されたい欲望も感じて、妻になっている。

……この事実は、後の歳月に関わるものとなる。

戦後の混乱期に育った私は、すでに小説を書き始めていた。夫は「結婚後も書いて良い」と言っていたが、未亡人と息子を囲む社会状況は、まだ古いままで、簡単に事は運ばず、子育ての時代が過ぎても、あまり書くことは出来ず、胸の閊えにもなっていた。

夫が大船のS病院にいるあいだ、私は机に向かった。書きかけの長編小説は順調に進んでいた。

三

退院の日は、三月七日と決まった。その朝、車を運転する息子が来るまで、小一時間パソコンに向かった。右手には今回作品のモデルにしている実父の写真が置いてある。最初に手を合わせ、今日一日が無事に……と祈った。娘とは、病院のロビーで待ち合わせしている。

昼前、無事に合流した私たちは三階にあがり、夫の病室にはいった。待ちかねていた夫はすぐに着替えを始めた。N医師が姿を現わす。

「……心臓の方は、無事に機能しております。……しかし、集中治療室が予定より長かったので、足が弱っているようです。お家で少しずつ、リハビリをなさって下さい。二ヶ月後に検診を予定しております」

「はい」

三階の病棟は、入院時の六階よりも一つのベッドの領域が狭く、周囲の雑音を耳に感じながらの応答であった。

「脳の検査も致しました。……委縮が少しあるようです」

「委縮ですか……」

否定したい気持ちが湧いた。〝昭和の酒飲み〟の言葉通り、年号が平成に変わってから、何度か禁酒をした。三ヶ月、長くても四ヶ月の禁酒で、また飲み始める。それを繰り返す。少しは努力をしている夫なのだ。N医師は、

「くれぐれもお大事に」

と言って去って行った。

続いて看護師から今後飲む薬と、食事の注意などの説明を受けた。メモを取る私を見て、

「しかし、身体によくない食べ物でも、まったく食べない場合は、少しでも食べさせた方が……」

と言って笑う。臨機応変に、ということだろうか。

一階の受付で、娘と共に退院手続きを済ませた。その折、

「お渡しするものがあります」

と係りの女性に言われた。出されたものは透明の小袋で、何やら入っている。

「ご主人の歯です」

聞くと、集中治療室で太い管を加えていた時、左上の臼歯を根元から折ったと言う。夫と息子はすでに車の中なので、急いでその歯をバッグに仕舞い病院を後にした。

その日の午後、夫は無事に家の玄関を潜った。

「ああ、家は良い」

居間のソファに座った時の第一声に、私も子供たちも思わず拍手をした。

夕食には粥を炊き、鰈の煮付け、摘まみ菜のひたし、すまし汁などを拵えた。夫の好きな千枚漬けも並べた。喜んで口にしてくれるだろう、と期待に胸が膨らんだ。しかし夫の箸の動きは重く、二度、三度動くと、すぐに止まった。そして「茶をくれ」と言う。ほうじ茶を入れるとそれをひと口飲んでそのまま休息する。

「もう少し食べてください」

と私が言うと、ほぐした魚の小さな塊を口に入れるが、それからまた茶を飲んで動きが止まる。

「体力が付きませんよ」

と言うと、

「今日は少し気を遣ったからね」

と息子が庇う。そうかもしれない。私は渋々と、それらの器を台所に戻した。

その夜は、電動の足湯器に足を浸しただけで、寝室へと移動した。寝室には、夫と私のベッドが並んでいる。夫は自分のベッドに横になった瞬間も、

「ああ、ここが一番よく眠れる。皆どうもありがとう」

と声を上げた。

しかし、その夜夫はひどくうなされた。怖い夢でも見たのか、右手を高くあげ、何かを防ぐように動かし、奇妙な声を発している。私は飛び起きて、

「大丈夫ですよ、私はここにいますから」

と声をかけ、あげている手を布団のなかに戻し、少しのあいだ撫でさすっていた。

夫はまた眠りに就いた。手術への恐怖、その後の治療の数々が堪えたのだろう。それまで夫は盲腸の手術すら体験していなかったのだ。その夜、息子と娘は二階に泊まってくれたが、騒ぎには気付いていないようだった。

翌朝、二人は家族の待つ家に帰って行った。

「お母さん、大変だけど、お願いします」

「週末にまた来るから」

どちらも、平日は会社勤務をしている。

「大丈夫よ。実家の母が長いあいだ、寝たきりの父を介護していた姿を、見てきたから」

私はそんな言葉を返し、二人に手を振った。

戦後の混乱期に父は脳溢血で倒れ、その後余病を併発し、以来寝たきりになった。私の脳裏には、十三歳から二十歳まで、発病から亡くなるまでの介護の記憶が刻まれている。母はその

傍らでいつもコンタツ（ロザリオ）を繰り、祈っていた。そのコンタツの珠は、いつも母の指で擦られていたせいか、黒く異様な光を放っていた。昭和二十年の戦災で、ゼロから築いた店と家を失い、鎌倉市長谷の家に隠遁した時代のこと、私はその第八子の六女、末娘だ。

私の結婚が決まった時、母は所属の由比ヶ浜カトリック教会の売店から、旧約聖書、新約聖書の二冊を購入し、「持ってお行き」と渡してくれた。旧約聖書のページを繰ると、母からよく聞かされている言葉が、ヨブ記の第二章に載っていた。

〝我らは、神より善きものを受けたれば、何故に、また悪しき事をも受けざるか〟

これは、ヨブが災難に遭い、財産を失い、顔が焼けただれたのを見て、その妻が、

〝神を呪って死になさい〟

と言った時の、ヨブの返事であるとされている。

その信仰厚き母もときおり変貌し、夕方、NHKのラジオ番組「アメリカ便り」が放送されると、

「消しておくれ、敵国アメリカの自慢話など、聞きたくない」

と感情的な声を上げることがあった。十代から、私とすぐ上の姉A子は、続々と輸入されるハリウッド映画やジャズ音楽に魅了され、アメリカ文化に引き寄せられていた。

その頃住んでいた家は、やはり木造の二階家で、全室が畳の部屋で、冬には白梅が、夏には

百日紅の花が、秋には萩の花や紫の桔梗が咲く庭のある家だった。二階には兄夫婦と子供たちが住み、一階奥の八畳には、父のためのベッドが置かれていたので、母も姉たちも私も残った和室に布団を敷いて寝ていた。布団が重なり合うようにして寝ていた私たちは、足や手をぶつけ合い、眠っていた。

時折、近所の人が茶を飲みにやって来て、母と話をしていくことがあった。同じ路地に住む、六十代の母よりも若い女性二人だった。

「長いこと、ご主人様のお世話をなさって、奥さん本当にお偉いですね」

その頃は、〝介護〟という言葉は使われていず、〝世話〟のひと言で語っていた。

「夜も、眠らないことがおありでしょう」

「まあ、それは……」

「お見合い結婚でございましょう」

「はい、そうです」

幾つかの質問が放たれる。

母は何と答えるだろうか。十代の私は、布張りの襖越しに耳を澄ました。

「これはね、娘たちへの教育でもあるのです。粥を煮たりしているとき、ふとそう思います」

一瞬はっとしたが、その言葉がどれだけ私の心に残ったか、定かではない。私の乳房は、母

譲りなのか、日に日に大きくなっていた。水着姿になって海辺を歩くと、見知らぬ男に、

「いっしょに、泳がないか」

と声をかけられるようになり、異性への目覚めが始まっていた……。

父は私が二十歳のとき亡くなり、母は私が二十四歳で結婚した直後に、くも膜下出血で亡くなり、どちらも由比ヶ浜カトリック教会で葬儀を行っている。

四

それから半世紀以上経って、老いた夫と老いた私の暮らしが始まった。

三日経っても、一週間経っても、夫の食欲は回復しなかった。体重もかなり落ちている。夜になって、入浴の世話を始めたとき、その裸身が細くなったこと、特に自慢だった尻の肉も落ち、直視できなかった。翌日午後には、近くの路地を一緒に歩く。転んだ時に、助け起こさなくてはならないからだ、一度由比ヶ浜海岸の近くの通りで、転倒した。助け起こそうと夫の両脇に手を入れたが、痩せたとはいえ、一メートル七十二センチある夫の身体は重く、簡単に持ち上がらなかった。幸い四十代くらいの男性がバイクで走って来て、停車し、抱き起してくれた。危険を冒してまで散歩に行くのはどうか、と思うが、やはり筋力を付けてあげたい。

母を手本にする気持ちはあっても、本人との意思が疎通せず、私は、

「わからない、わからない」

と呟くことが多くなった。

ある夜、夫がベッドから離れた気配に目を覚ます。声も発している。

「おなかが痛いのかい。そんなに痛いなら……、どれどれ、さすってあげよう」

裾の方から回って近付いてくる。

「別に、おなか痛くありませんよ。何を言っているの。大丈夫ですから寝てください」

これまで、そんなことは一度もなかったのに、という、妙な思いが湧く。朝になると、夫は夜中のことはすっかり忘れている。

数日後、ふと目を覚ますと、夫のベッドが空になっていた。トイレに行った様子もない。居間に行くと、三人がけソファの中央に座っていて、庭に面した雨戸が二枚開けられている。

「どうしたの、まだ夜中よ」

壁の時計を見ると、午前二時を少し回っている。

「外はまだ暗いわ。雨戸閉めますよ」

近付いて閉めようとすると、夫が無理をしてこじ開けたのか、上下が斜めになっていて、すぐには動かなかった。

「こんな時間に不用心でしょう。どうして開けたの」

するとは夫は、「部屋が暗かった、だから雨戸を開けた」と言う。

私は雨戸の端を何度も叩き、元に戻した。外はまだ暗いのに、どうして開けるの、という問いが湧く。わからない、と思いながらも、……手術体験、集中治療室と四人部屋の日々、その消灯時間の夜に、暗闇に恐怖を感じるようになった、と推察する。

二日後の早朝、夫は独り起きて、整理箪笥を開けて、音を立て始めた。床のなかでしばらく様子を窺っていると、下着のシャツを着てから、クリーニング済みのワイシャツをだし、羽織り始める。白くなった上半身が、明け方の微光のなか、亡霊のように映る。

「何をやっているの」

と訊ねると、

「会社に行くんだ」と言う。さらに、

「今日は早めに出て、鎌倉駅で定期を買うんだ」

と、具体的なことを言う。手にはすでにネクタイが握られている。

「止めてください。病気の話は、息子から会社に伝えてあります。行きたい気持ちは分かりますが、今の状態で東京までの出勤は、無理です」

急いで起きあがり、ネクタイを取りあげ、ワイシャツを脱がすとき、胸が痛む。

夫が口にしている〝会社〟とは、社名に我が家の姓〝K山〟を頭に付けた、先祖代々受け継がれた中企業である。仕事人間と言うよりも、早く亡くなった両親への敬愛と思慕がこの衝動の元に感じられる。

父親は、K山商店社長在任中に四十二歳で病死している。若くして未亡人になった母親に、幼い頃からかつての会社の発展と父親の仕事ぶりを聞かされていたという。その母親も五十一歳で亡くなった。夫が社長になるまでの四分の一世紀、亡父の従兄弟Rが社長を務めた。

私が夫と結婚したのは、Rの勢力の陰で、未亡人と子供が耐え忍んでいた時期だった。しかし、私は実家で家長を継いだ兄の勢力の下にいたので、さして同情はしていなかった。むしろ、似たような境遇を歓迎する気持ちでいた。

思い余って、四月の初め、夫を近くのクリニックに連れて行った。

六十代後半のH医師は、高齢者を専門に扱う、老年内科の医師である。夫と共に私の話を聞いてくれた医師は、先ず夫に、

「ご生還、おめでとうございます」

と、夫を労った。それから改めて、

「如何ですか、現在のご体調は」

と訊ねる。

「お陰様で順調です。何でもありません」

夫は澄ましてそう答える。その態度は、家に居る時とかなり違っている。

医師はさらに夫に質問し、穏やかなそして職業的な表情で、「お大事に」と言い、薬の処方箋をだしてくれた。

再び診察室に入った。そして夫と共に診察室を出るとすぐ、今度は私だけが呼ばれた。

私はすぐに、昨今の、夫の不審な行動について話し出した。夜中に起きて雨戸を開ける、会社に行こうとする、など。医師は大きく頷いてそれを聞く。

「昔、夢遊病、という言葉がありましたが」

と私が言うと、

「現在は、夢中遊行症という病名になっております」

と教えてくれる。

「夢中……、遊行症ですか」

「ICUでの治療は一日ですか、それとも二日」

「三日です。術後四日目に、口に加えていた管が取れた、と聞いております」

「三日……ですか」

言葉の合間に、不安を覚える。

「先ほどのご主人のように、〝何でもありません。大丈夫です〟と答える人ほど、実は心配なのです。……これは一種の妄想で、心臓とは別の病気が、入院中に発症したと思われます」

「そう、ですか」

納得と共に、失望感が広がる。

「市役所に行くと、いきいき高齢課、という窓口があります。そこへ一度いらしてください。相談に乗ってくれると思います」

メモを書いて渡してくれた。私は待合室に居る夫が心配になり、すぐにその場を辞した。

五

四月七日、新型コロナウイルスによる、第一回の緊急事態宣言が出た。東京の新規感染者数は、八十七人に達している。夫がテレビのスイッチをいつもオンにしているので、日々の情報は耳に入ってくる。〝ディスタンス〟という言葉を使い、人と人との距離を取ること、密室での会合、特に夜の宴会を慎むこと、などという声が流れてくる。

それでも夫を歩かせる、夕方の散歩は続けていた。

家の近くに、地元の人たちが〝海岸松〟と呼んでいる、背丈のある古松が並ぶ道があった。

その道をでるとすぐに、鶴岡八幡宮の赤い鳥居を一キロ先にした、一の鳥居、薄い灰色の鳥居が見える。そこを右折すると、正面が由比ヶ浜海岸になる。

この辺りは散歩に適した場所だった。夕焼けには早い時間だったが、松の向うに見える空の色は青く澄み、希望の色に見えた。ペットの犬を散歩させる時間と一緒なのか、大小の犬のリードを引いてくる人たちと、よくすれ違った。犬好きの夫はそのつど目を細めていたが、その直後に、「腰が痛くなった」と言って、古い住宅の塀の土台に腰かけてしまうことがあった。そしていつまでも立ち上がらない。私は苛々しながら待つ。自分から立ち上がる気配がない。

「さあ、頑張って、立って」

と促し、なんとか家に辿り着く。それでも私は休まずに散歩を続けた。

四月末、私の長編小説は脱稿した。全編は、USBメモリーに保存され、書留で出版社に郵送した。

「無事、書留を送りました。手紙も添えました」

「ご苦労さん」

夫の返事が帰ってくる。報告出来る人がいる。それは幸いなこと、と改めて思う。

翌日、編集者O氏から、〝無事に届きました〟というメールが届く。郵便もネットも出来る限り利用して、コロナ禍のなか、対面し直接会話をしなくても、仕事が進むように努力する。

〝古い世代の方にしては、パソコン操作にご堪能で、助かります〟

Ｏ氏は以前、そんなメールを送ってきた。喜んでもいられない。主婦業に介護が加わった現在の状況を考えると、手書きへの拘りを捨て、縋れるものは何にでも縋って、書く……、という思いになるのは仕方ない。〝有り難うございます〟と返信する。パソコンのキイを叩き、ネットで送信しても、感謝の念や情が伝えられるのは嬉しいことである。

Ｋ山家に、改まった家訓はないが、強いて言えば、「義理と人情」である。何かに付けて、夫も夫の母も「これは浮世の義理です」と、口にし、実行していた。

〝浮世〟は、〝憂き世〟とも書かれ、生きることの辛さ苦しさを表している。すべては神の配慮、と言っていたヨブ記の言葉にそれらを重ねる。メモリーから開いた原稿を編集者に読んでもらい、ゲラ稿が届くまで少しの時間が空く。

二人で鶴岡八幡宮の段かずらを歩く。両側には、数年前に植え替えた桜の若木が並んでいる。

「綺麗ですね」

と声をかけると、

「ああ、綺麗だ」

という声が返ってくる。すでに花は散り始めている。来年もこの花を……、という言葉が喉の奥で、声にならないまま回っている。

少しばかり運動をさせたと言っても、夫は熟睡するわけでもなく、夜中に「暗い、暗い」と言って起きる騒ぎはなくならなかった。あいにく、寝室の東に向いた窓の向うは、狭い路地沿いにコンクリート三階建ての住宅になっている。一階と二階は子供向けイングリッシュ・スクールに、三階は住まいになっている。それは、聳えるように建っている、と言って良いほどの圧迫感で、日陰と共に見通しが全く効かなくなっている。

十年ほど前、その建設が始まったとき、私は建主である隣家の主人に「日が当たらなくなる」と抗議した。しかしその男性は聞く耳を持たなかった。「あなたも頼んでくださいよ」と縋っても、夫は動かず黙っていた。未亡人生活の長かった夫の母は、かつてはその男性の両親と親しくして、何かと世話になっていたのだ。あれ以来夫と私は、寝室で朝の光を十分に受けられなくなった。

「もっと光を」と言ったのは、『若きヴェルテルの悩み』の作者ゲーテだったと記憶する。意味は諸説あるが、窓を開けてくれ、という解釈もあった。窓には〝心の窓〟の比喩もある。夫の心の窓には、幼少期からの記憶が溜まっていて、今開き辛くなっているように、思えてならない。

数日後、私は江ノ電に乗って、藤沢駅に近い大型電気店に向かう。四両の車両の中は、マスクをしている乗客ばかりである。家を出る前に夫に声をかける。

「枕元に置く、明るい電気スタンド買ってくるから、留守番していてね」

「ああ、頼む」

「他には、何か」

「ロースト・ビーフ」

好物のおかずが、噛み切れるかどうかわからないのに、はっきりとそう言う。

寝室には、現在ステンド・グラスの傘付きスタンドが置いてある。私は幼少期から通っていたカトリック教会で、ステンド・グラスの窓を眺め、その色彩の美しさを知っている。この家を、ローンを組んで建てたとき、懐かしさもあって大枚をはたいてそのスタンドを購入した。以来ずっと使っているが、夫の意見を訊ねたことはなかった。

大型電気店の、照明器具売り場には、数々の新製品が並んでいた。しかし蛍光灯製品が多く、これまでの電球を使う時代遅れのスタンドは見付けられなかった。その場を後にして、近くのデパートの地下に行き、夫の好きなロースト・ビーフを買った。

帰りの江ノ電車中、海の彼方に水平線の見える地点に来たとき、かつて娘が寝起きしていた、二階の部屋が目に浮かんだ。

……そう言えば、あの東側の六畳に、……クリップ式のスタンドがあった気がする。

いや、確かにあった。それは、台の部分が幅広のクリップになっていて、横木に取り付けられる、便利な製品だ。その首も自在に曲がるので、灯りの向きも変えられる。あれなら、夫のベッドの前立てにクリップできる。何よりも普通電球使用である。

家に帰り、私はその古びたスタンドを見付けた。赤い傘のあちこちに錆が出ていたが、幸いコンセントから電気を運ぶコードは生きていた。スイッチも軽く動いた。布巾で埃を拭いて夫のベッドの脇に取り付け、その使い方を説明し、オン・オフの操作も教えた。夫は夕食にロースト・ビーフをかなり食べ、入浴し、ベッドに入った。そして楽しそうにその灯りを点けたり消したりして眠り、以来、暗闇を怖い、と言わなくなった。

落ち着いたように見えても、〝会社に行く〟という夫の気持ちは消えなかった。

朝食の味噌汁を啜っているときにも、

「さて、行こうか」

と立ち上がるので、慌てて、

「会社はもうしばらく経ってから」

と止める。

「それなら、九時になったら会社に電話する」

と言って壁時計を見る。始業時間は忘れていない。九時に針が回ったと同時に、受話器を持つ。番号は登録してあるので押すだけで繋がる。いつもは女性社員がその電話を取る。

「Y君、いる」

前置きもなく、そう言う。電話を替わった男性社員Yと話し始める。

「どうだい、その後」

仕事仲間との話は、家庭内の話よりもしっかりしている。社員の姓も名も忘れてはいない。しかし、長話をすると破綻が起きないとも限らない。

「後のことは、息子に任せて」

と、傍らで私は言い、電話を切るように促す。数分後、何とか受話器が置かれる。

〝息子に〟と私は声をかけたが、その息子は、現在K山商店の社員ではない。

大学卒業時、すでに夫はK山商店に入社していたものの、親族会社の複雑な人間関係から、その地位は低く、息子を跡継ぎにと招く状況ではなかった。コネクション一つないなかで、就職活動をし、母親の私も応援し、何とか食品会社に就職した。

六

緊急事態宣言は解除された。しかし世界ではまだ感染者は増え続け、死者も多く出ている。

五月半ば、S病院にて、夫は術後の検診を受ける。N医師は、

「順調に回復しています」

と言う。

「実は、精神的な混乱があるようで」

と話すが、

「それは、別の診療科ですが」

と言われる。さらにこの病院にはその専門医がいないと知らされ、すっきりしない気持ちで家に戻った。

六月は梅雨空と雨降りが多く、思うように散歩ができなかった。しかし庭には紫陽花の株が数株あり、紫、白、そして額紫陽花、それぞれが見事な花を咲かせたので、二人でそれらを眺め、楽しんだ。さらに私は家事の合間に、出版社から送られてきたゲラ稿を読み、赤字の訂正文を入れて過ごした。

七月八月、暑いさなかのコロナ患者は、減りもせず増えもせずという数字を示す状況であった。由比ヶ浜海岸の「海の家」は、例年のように開かれなかったが、規制を押して泳ぐ人たちはいるようであった。夫は若い頃、夏の男を自負していただけあって元気になり、一人でバス通りの信号を渡った床屋に行かれるようになった。もちろん自分の財布から支払いもした。し

かし、心配症の私は、終わった頃に、近くまで出迎えに行くのだった。

八月の半ば、七十五回目の終戦記念日を迎えた頃、私の長編小説『商人五吉池を見る』（田畑書店）は一冊の本になり、書店に並ぶようになった。私は安堵の思いを感じていたが、夫は「おめでとう」と言ってくれたものの、その本の活字を追うことはできなかった。

九月に入り、庭木の上から寒蟬の声が聞こえてきても、なかなか涼しくはならなかった。歳を重ねてから思うことだが、この季節夏の疲れから体調を崩すことを恐れた。


九月十三日、コロナ騒ぎによって延期していた、私の定期検診の日がやってきた。私は、東京タワーの近くにある、東京都S会中央病院に出掛けなくてはならなかった。

私は早朝に起きて、夫の昼食のそぼろ弁当を拵え、お茶と共に冷蔵庫に入れ、その事を丁寧に夫に話し、返事を確認してから家をでた。

S会のK医師は私を待っていてくれた。

二十年前の執刀医は夫の小学校の同級生だったが、すでに亡くなり、手術当日その助手をしていた男性が、今のK医師である。

病院の玄関を通るとすぐに、手をアルコール消毒する。さらに検温器の前に立つ。安全な数字が出るとガラス戸が開き、手続きをするホールに入る。診察券を手前にある機械に挿入すると、予約表の白い紙が現れる。それをファイルに入れて、内科外科の窓口まで歩いていく。定期検診なので、血液と尿の採取、CT、超音波、心電図などの検査室を回った。結果のわかるのは来週となる。支払いを済ませ、帰途に就いた。

午後になって家に戻ると、夫は食堂に座っていて、私が早起きして作った牛肉、卵、海苔、絹さや、紅しょうがなどの入った弁当を前に置いて、それに全く手を付けていなかった。

驚いた私は、

「どうして食べなかったの」

と聞く。

「この弁当は、腐っている」

という返事、それも確信のある声に聞こえる。

「冷蔵庫に入っていたでしょう」

「でも、腐っている」

夫は繰り返す。機嫌も良くない。何か不服があるようだ。そして、

「腹が減った」と言う。

急いで、食パンをオーブントースターに入れ、フライパンで目玉焼きを作る。バターやジャムを冷蔵庫からだして並べる。夫は、

「パンか、飯の方がいいな」

と言い、こんがり焼けたパンにバター塗っている私の手元を見る。

「それなら、このお弁当を」

「これは腐っている。捨てろ」

東京の病院から戻って、私はひと休みも出来ず、いつなく感情的になった。

「何が気にいらないの、何が言いたいの」

それはつまり、妻の私の長時間不在ということか。それでハンストをしているということか。

……こちらだって、少し前S会中央病院では、カルテに〝元がん患者〟と書かれた受診者であって、医師と看護師その他に「お大事に」と、労われていたというのに……。

「捨てろ、と言うなら捨てますよ。でも、その前に、私このお弁当の写真を撮る」

と言い、若い人がガラケーと言っている携帯で、嫌味たらしく写真を撮った。紅しょうがの赤い色が、棘のように目に染みた。しかし涙も出なかった。

もしかすると夫は本気で、その弁当が腐っている、と思っているのかもしれない。夫の病気はそういう病気なのだ、とは考えていなかった。一歩下がって状況を見ることもなく、ただ腹を立てていた。

七

息子夫婦が、市役所のいきいき高齢課を訪れ、夫の病状を話してくれたのは、秋の彼岸の頃だ。

まもなく、その課から、私宛に通知が届いた。その書面には、

〝家から海岸方向に向かって五分ほど歩いたところに、このY地区の介護施設事務所がありますす。その事務所に相談員、そしてケア・マネージャーが数名います。〟

と記されていた。息子に電話をすると、

「お母さん、これで少し楽が出来るよ」

と返してきた。今の私にとって〝楽が出来る〟という言葉は何よりの言葉に思えた。

予約を取ったその日の午前中、私は息子の妻と一緒に、その事務所を訪れた。海岸公園に近く、伊豆大島を浮かべる海の水平線が、眼前に見える地域だった。

応接室に現れた中年女性は体格の良い女性で、主事Zと名乗り、手続き上の話を始めた。

「先ず、市役所の介護認定を取ることになります。認定には1、2、3などのランクがあります。種々の手続き上、そのランクは重要になります」

そこへ一人の男性が、外から戻ってくる。主事は、声をかけて、

「Y地区のケア・マネージャー、Tさんです」

と、紹介する。

Tは礼儀正しく挨拶をして、奥の事務部に消えていく。主事には経験を積んだ穏やかさが感じられ、そのせいか介護士にも似たような雰囲気があるように思える。

「介護認定が取れましたら、認定者様専用の、〝ケア・マネージャー〟を決めます」

「分かりました」

話は長く続いたが、窓からの明るい日差しと共に海風も感じられ、嫌な気分にはならなかった。

話が終わり、主事は、

「職員の、スケジュールを調べてまいります」

と奥にはいった。そして戻ってきた。

「残念ですが、現在、当介護施設のケアマネさんは、全員スケジュールがいっぱいです」

思ってもいない言葉だった。

「お忙しいのですね」

「最近は、高齢者が多いので……、需要が。それで、他地区の事務所に当たって見ますが、それで決めてよろしいでしょうか」

「お義母さん、やはり、一度会ってからの方が」

息子の妻はそう言ったが、疲れているせいか、強く否定する気持ちが湧かなかった。

「構いません」

不安が少し湧いたが、私はそう答えた。主事はまた奥にはいる。

数分待った後、戻ってきた。

「O地区の施設に、一人Cという職員が、空いておりました」

「そうですか」

O地区は、山あいのトンネルに近い地域だった。

「決めさせて頂いて、よろしいですか」

「はい」

「ケアマネさんはそれで決まったとして、デイ・サーヴィスに通う場所は、お近くのI整形医院のリハビリ・ルームになります」

「I整形医院は、主人が以前から膝の治療で、通院しておりましたので、分かっております」

早く話を終えたい、家に帰って夫と二人きりになりたいという気持ちが湧いていた。窓の方角を見ると、雲が出て来たのか、明るかった日差しも消えていた。

全ての問題は、私の勉強不足から起きていた。

それを痛感させられたのは、それから一週間後の、我が家の食堂であった。

……気が付くと、介護施設のZ主事、O地区のケア・マネージャー、リハビリ・ルームの介護士、男女二名、……それらの人びとと夫と私が顔合わせをし、話し合う場所として、決められていた。最初の対面のように、介護施設の応接室を使うのかと思っていたが、

「介護者様の、日々の生活様式、そのプライバシーを知る必要上、ご自宅に上がらせて頂かなくてはならないのです」

と言われ、やむを得ず承諾する。

その午前中、最初に裏口から声をかけて、やって来たのはO地区のケア・マネージャーと称する、C原という女性であった。

「ごめんください」

裏口は、食堂に繋がるキッチンの出口でもあり、その甲高い声はかなり大きく聞こえた。私は急いでドアを開け、

「どうぞ、お上がりください」

と言った。C原は足早に食堂に入って来て、名刺を差し出した。主事Zに比べると細身で、鬢の辺りに白いものが数本見えた。私は名刺を受け取ると同時に、夫を紹介した。いつもの席

に座っていた夫も、軽く頭を下げた。

C原は、夫の顔を確認すると共に、家の中をぐるりと見まわした。それも上下左右に目を配った。仕事上とはいえ、無作法と子供のような落ち着きのなさが感じられ、良い気持ちはしなかった。それでも私は、

「よろしくお願い、……致します」

と言い、C原は、

「承知いたしました」

と答えた。

その瞬間、何かが入れ替わった。それは確かだった。しかし、私は、何も気付かなかった。次に裏口から訪れたのは、リハビリ・ルームの男女介護士二名だった。話し声が聞こえるとすぐに、

「ごめんください」

という声が聞こえた。聴力が衰えている私の耳に、その声が届いたのは、数秒ほど遅れたのかもしれない。いち早く、

「ドーゾ、お上がりください」

と言ったのは、食堂に居るC原であった。甲高い声は、不思議に良く聞こえる。

二人がキッチンから顔を出し、入ってくると、

「ドーゾ、ドーゾ、こちらに座ってください」

と言い、小さな座布団の敷かれた椅子に、掌を差し向けた。

茶の用意をしなくてはならない。私はキッチンと食堂を行ったり来たりする。

C原は早くも、介護士二名に、

「こちらが介護者さんです」

と夫を紹介している。

妙な気がしたが、急のことで、適切な言葉が浮かんで来ない。茶托に乗った茶椀を、こぼさないように食卓に置こうとしている時に、今度は玄関のチャイムが鳴った。Y地区の主事が来たと思われる。

「鍵は開けてあります」

と、私が言うと同時に、C原の、

「ドーゾォー」

という大声が、耳から頭に響いた。私は不満を覚えながらも、玄関に近寄り、居間との境の戸を開けた。

「ドーゾ、ドーゾ」

C原の声は、耳を塞ぎたいほど大きく聞こえた。

「さあ、全員揃いましたネー」

C原は、食卓の周囲に、私を含め全員を座らせてから、一人立ち上がり、

「さあ、ミナサーン。これから四者会談が、ハジマリー、マスヨォー」

と声を張った。まるで宝くじの抽選会が始まるような、ショーの始まる瞬間のMCのような賑やかさだった。私の胸には、抗議したい気持ちが湧いていた。……ここが、介護施設の一室なら、こんな気持ちにはならないだろうが……、やはり納得が出来ない。そして、やっと口にした言葉は、〝勝手にこの家を取り仕切らないでください〟という意味を籠めた、

「この家は、私たちの家ですよ」

「主人と六十年暮らした家です」

という言葉だった。

しかし衝撃を受けて、戸惑いながら口を動かしている私の声は小さく、周囲には独り言のように聞こえたらしい。C原は、我関せずとばかりに、事務的な話を進めている。夫の顔色を見る。助けてくれる様子はない。〝私たちの家〟という言葉に全く反応せず、黙っている。Z主事は、改めてO地区のC原を私たちに紹介し、役目を終えて帰って行く。

その後はさらに、C原の話は続いた。

「デイ・サーヴィスに行くことを、お勧めいたします。日帰りも、一泊もございます」

差し出した書類に書かれた施設の数は多く、住所と共に間取りなども書かれていて、急に選べと言われても、答えがすぐに出て来ない。どうして、一度会ってから、ケア・マネージャーを決めなかったのだろう。後悔が胸に溢れた。

話が終わると、私は署名捺印をさせられた。そしてC原は、次の仕事場に行くと言って、帰って行った。すると、リハビリ・ルームの女性介護士が、

「お家のなかの写真を撮らせてください」

と立ち上がる。

「もちろんプライバシーは厳守いたします」

と言いながらも、私と夫の寝室、居間、風呂場、トイレ、洗面所などを次々と写していく。

そして「二階も写しましょう」と言って階段を上がろうとするので、

「主人は、足が衰えているので、二階には上がりません。二階は私の仕事場です」

と言って、遮った。私は現在、かつて息子の部屋だった南西の部屋を、書斎として使っている。物干し場の出口になっている窓の向こうには、別の隣家が建ち、二階の木造壁が景色を塞いでいる。

デスクにはパソコンが置かれている。周囲には本や資料が、所狭し、と並んでいる。日夜言

葉を探し、見付けた言葉をさらに練って、キイ・ボードを叩く場所、それは私の汗と体臭が匂う空間でもある。カメラが人の匂いまで捉えるはずもないが、思わず両手を広げ、「止めてください」と声を上げた。

諦めたのか、カメラを持った女性は引き下がる。しかしこの介護士は、きちんとした書類を携えていた。それは市で発行した書類のようで、

〝撮影させて頂きました貴家のプライバシーは、厳守致します。〟

という一文と共に、署名捺印欄のある書類を広げた。私はまた署名捺印をした。そして男女もまた帰って行った。

「疲れた」

夫の第一声は、その言葉だった。そして寝室に行き横になった。確かに、夫の眼の周囲には疲労の色が浮かんでいる。今日の主役は、心を病んでいるこのひとであったはずなのに……、何もかも事務的に事が運ばれてしまった、という思いが湧いた。

最初が間違っていたのか。

息子夫婦が市役所のいきいき高齢課に行くとき、私も一緒に行くべきだった、そして話をよく聞き、このように事が運ばれる、という説明を聞き、納得しなくてはならなかった。高齢であっても、少なくとも私は心の病人ではない。自我もまだある。すべてを他人任せにする気に

はなっていないのだ。

八

この話は、行きがかり上、息子夫婦そして娘にしなくてはならなかった。息子は何も言わず、その妻は、会合の当日参加出来なかったことを詫びていた。娘は、

「その、O地区のケアマネさん、お母さんとの相性が悪かったみたいね」

と言って笑っていた。準備不足があったことは確かだが、私は孤独を感じていた。

このままの状態を続けてはならない。夫の病気とそれを介護する私の日々は、厳粛なものだ。必要以上に賑やかにしてはならない、という気持ちが強く湧いていた。思い余って私はY地区のZ主事に電話をした。そして出来る限り丁寧な言い方で、

「O地区の、ケア・マネージャーさんを、別の人に替えてもらいたい」

と頼んだ。不安があったが主事は快く引き受けてくれ、こう言った。

「いつぞや紹介した、この地区のケア・マネージャー、Tさんに空きが出来たので、さっそく変更の手続きを致しましょう」

九

夫がリハビリ・ルームに行く日、時間になると車が迎えに来た。

若い男性介護士が明るく挨拶をして、夫を車に乗せていく。夫は自分から外出用の帽子を被って、出かける準備をしている。

「行ってらっしゃい」

と手を振ると、夫も同じように手を振る。

以前から、近隣の高齢者家庭にもこうした風景が見られ、そういう時代になったか、と少しは理解していたつもりだったが、ことはそう簡単ではなかった。

コロナ禍になって以来、どの施設も入室時に、検温、手首の消毒はもちろんのこと、血圧を測ることになっている。夫の検温は通ったが、血圧で引っかかってしまった。平素は上一三〇、下七〇ほどの血圧が、上二〇〇にも届いてしまう。それによって制限される運動があり、ほとんど何もしないで椅子に腰かけ、同じ仲間の運動を眺め、帰りの時間を待つことになる。老年内科クリニックのH医師に訊ねても、その原因はわからない。どの施設も、未だ収入のある夫に三割負担という金額を請求する。私はその数字に怯える。

「リハビリに行くの、嫌なの」

と私は夫に聞く。問われた夫は正面の空を凝視し、考えているような表情をする。

「嫌なら、止めましょうか」

「いや、行くよ」

「でも、血圧が……、本当のこと教えて、お願い」

私はいつものように、普通の答えを要求する。

夫はやっと答える。

「ワカラナイ」


月が変わり、十月になった。

息子の知らせによると、十一月にK山商店の総会があり、その会議で夫の退職が協議されることになった。もちろんその協議は、全員一致で可決されることだろう。私に異存はなかった。

日々気温がさがって来ていたが、コロナの患者数は大きく変化していなかった。

ある休日、息子夫婦、娘夫婦が打ち合わせのため、我が家にやってきた。娘婿は、経営コンサルタントを職業としている。夫は退職しても筆頭株主であることは変わらない。その問題をどうするか、息子と検討している。作ってきた書類を、

「お義母さんも目を通してください」

と差しだす。これも浮世の義理である。娘婿の好意に感謝しながらも、ワードに書いた原稿とは違って、数字の厳しさが切なく感じられる。十月前半は、夫のデイ・サーヴィスを支えることと、この総会の打ち合わせで過ぎてしまう。

十月十五日、この日は曇り空から雨になった。

夫を、午前九時から午後の四時までのデイ・サーヴィスに送り出した後、二階の書斎に上がりパソコンのメールを開くと、デンタル・クリニックからのメールが届いていた。

……ご主人様の、歯のメンテナンスの日が近付いてまいりました。

というメッセージが書かれている。

そう言えば、私は夫の歯を一個預かっている。集中治療室で欠けてしまった歯を。

あの話を、歯科医師にして治療してもらわなくてはならない。夕方戻ってきた夫にその話を伝える。

「歯医者か、行きたいな。できれば歯を入れてもらいたい。食べ物を噛む時、気になってしょうがない」

私はすぐに「伺います」と返信を打った。その時私は、病院やクリニックの医師に相談することを忘れていた。

十月十七日、メンテナンスの折、同行した私は折れた歯を持参したが、「この歯は、もう使えません」と言われた。そして改めて型を取ることを勧められた。しかしこのデンタルは予約制で人気があり、すぐにはそれが出来ない。最短でも七日後の二十四日になるという。仕方なく、七日後の、二十四日の予約を取って戻った。


デイ・サーヴィスの当日、測定される夫の血圧は少しずつ下がっていた。

留守の間、若松英輔著の『霧の彼方　須賀敦子』を読む。〝求道〟という言葉が胸に染みる。作者の若松氏も須賀氏も、連れ合いを亡くした経験を持つ。私にはまだ連れ合いがいる。そして滑稽にも、じたばたとしている。そう思いながらページを繰る。

夜中に、夫に一二度起こされることは、あまり変わらない。神経性なのか、元来胃腸が丈夫な私だが、ときおり下痢をするようになっている。

予約日の二十四日、再びデンタル・クリニックを訪れた。

夫は治療室に入り、私は待合室にいたが、四十分ほどで機嫌よく姿を現わした。

「今度は、良い歯がはいる。飯もうまくなる」

と言っている。私も笑顔になる。新しい歯が取り付けられるのは、十一月四日、祭日の翌日だ。

翌日久しぶりに、日曜のミサに参加した。

カトリック由比ヶ浜教会の聖堂もまた、ソーシャル・ディスタンスに、六人は十分に座れる横長の座席に、一名または二名という紙が貼られている。前方の席を選び静かに腰を下ろす。神父と侍者が現れ、ミサが始まる。しかしコロナ禍のためオルガンの音は流れず、従って聖歌も歌われない。正面奥の十字架は、長年見慣れた受難のキリスト像である。痩せて細くなった膝を右側に傾けているのが特徴で、これを目にすると気持ちが落ち着く。

福音後の神父の講話はいつも通り、朗読者の読んだ聖書の一節を中心にしたものだ。マスクで口を覆ったままの講話なので、マイクを使っていても声が割れて聞き取りにくい。もちろん高齢の私の聴力にも問題がある。マスク使用の生活になってから、特にそれを感じる。

心の中でひたすら祈る。聖体拝領に並ぶ行列は長い。やがて最後の一人が消え、無事にミサが終了する。留守をしている夫が気になるので、すぐに聖堂を出て家に向かった。

夫は食堂のいつもの席に座っていた。

「ただいま、教会で沢山お祈りしてきましたよ」

「ご苦労さん」

いつもの通りの返事が帰ってくる。その日は、安息日でもあるので、心穏やかに過ごしたつもりだった。昼食時、夫は私の作ったチャーシュー麺を、喜んで食べてくれた。午後の散歩にも出かけ、海の香りも味わった。

しかしその夜夫はいったん眠ったが、日付が替わった頃体を起こし、スタンドの電気を点けたり消したりと落ち着きのない様子を見せるようになった。

「変な夢でも見たの、大丈夫、私はここにいますよ」

「うん、うん」

と答えて、身体を横たえる。寝息を確認してから眠るつもりであったが、朝から外出していたので睡魔がやってきた。眠りの世界に入ったばかりで、またスタンドの灯りが点けられ、起こされた。

「こんな灯りでは、駄目だ、天井の灯り点けろ」

かなり激しい口調である。

「今は夜ですよ、お願い、眠らせて」

私は夫を眠らせ、自分も寝ようとする。そんな遣り取りを何度交わしたろうか。

そのうちに、夫はトイレに行く、と言って起きあがり、壁のスイッチを押した。天井の灯り、丸型の蛍光灯が点き、部屋中が明るくなる。

「戻ってきたら、消し……」

最後の言葉が消えるほど、眠い。

しかし夫は、戻って来てそのまま床に就いてしまった。眠りのなかにも、妙な落ち着きのなさが感じられ、私はすぐに目を覚ます。夫はまた身体を起こしている。

「どうして、天井の電気を消してくれなかったの」

「壁のスイッチ、なかった」

訳のわからない言葉が聞こえてくる。

「お願い、夜くらいは眠らせて」

「壁の……、スイッチが……」

「眠らせてください、夜、ですから」

夜半のトイレの回数が多いのは、高齢者同士仕方がないとしても、夜中に灯りを点ける、点けないは折り合えず、その夜は殆ど眠ることは出来なかった。

十

翌朝、私は二階東南の部屋、かつての娘の部屋に掃除機をかけた。

それから何度、階段を往復したか。少なくとも五回は往復したと思う。自分の布団を担いで、二階に運んだのである。二階押し入れの奥にある、折り畳みマットレスを広げ、その上に敷き布団を置きシーツを広げ、さらに運んだ掛布団と枕をそこに置いた。パジャマその他も運んだ。最後に、一階寝室にあった、気に入りのスタンド・グラスのスタンドを運び、黒いコードをコンセントに差し込んだ。疲労と睡眠不足の重なった高齢の私にとって、かなりの重労働であったが、憤懣の思いが溢れ、その作業はあっという間に完了した。

その夜はその部屋で眠った。夫は何も言わなかった。朝になると、「寒くなかったか」と訊ねる。妙に優しいところが、悲しく聞こえる。そう言えば、娘が嫁いでから、この部屋の暖房はない。

「湯たんぽでも、構いませんよ」

私は意地を張り、そう言い返した。

寝室の隔離はこうして始まった。

特に「寂しい」とも言われず、「戻ってこいよ」とも言われず、私はかつての娘の部屋をそのまま自分の寝室にした。改めて、周囲を見回してみると、その部屋の書棚は本で埋まっていた。中年になって、ローンを組んで古い家を建て直した。その折、子供の教育に、と思い壁に作り付けの本棚を備えたのだ。毎夜、夫が階下のベッドに入ったのを見届けたあと、病人を見捨てたという後ろめたさはあるものの、私は微かに嬉しさを抱えて二階に上がった。足で踏む階段の一段一段が、何かの意味を持っているようにも感じられた。

考えてみると、私は結婚以来、自分の部屋を持ったこともなく、自分の寝室を持ったこともなかった。若い頃、十九世紀末に生まれたイギリスの女性作家、ヴァージニア・ウルフの作品『私だけの部屋』を読んだことがあったが、自分でその環境が築けるとは思わなかった。

中年なって、通信教育課程の大学に入り、卒論を書くためにさらに読み進めると、ヴィクトリア朝時代、ウルフはロンドンの大家族の家に生まれ育ったからこそ、大勢で入浴し、その片隅で溺れかけた経験があったからこそ、書いた作品と知った。夜は身体をぶつけ合って眠った、戦後の経験を思い出し、共感を覚えた。そして卒論を書き上げ、無事に大学を卒業した。

息子と娘がそれぞれ巣立ち、部屋が空いた後は、その思い出を壊さないように、残した荷物をそのままにした。もちろん自分の部屋にする、と宣言もしなかった。新生活をする子供たちの住宅が狭いという事情もあったが、私自身をしっかりと構築しなかった気の弱さは否定できない。

それにしても、本に囲まれて眠る。なんと楽しい夜だろう。

すでに書棚には私の本も置かれていた。東側には聖書の数々が、西側にはグレアム・グリーンの『事件の核心』、モーリヤックの『テレーズ・デスケルウ』遠藤周作氏の『沈黙』などの文芸書が置かれていた。それらのページを捲らないまでも、背表紙のタイトルを目の裏に残しながら眠る。たとえ明日起きて、夫の食事を作るとしても、それが争いに発展するとしても……。

朝起きて、南向きの雨戸をガラス戸と共に開けるのも楽しみだった。洋間造りでその窓は腰から上が開く。その先には海がある。家並みが続くので、海そのものは見えないが、その空に反射する光が、海の色や香りと混じって、格別の空気となって漂ってくるのである。

夜、その二階の雨戸を閉める時の空も、その手がしばし止まるほどの美しさであった。左手の空には、上弦の月がくっきりと見える。その下の家並みに目を走らせ、屋根の形や色を見ていると、散歩道に通る路地のくねりが目に浮かぶ。思わず手を合わせたい気持ちになる。

……夜が更けると、星が輝き始める。大きな星も小さな星も見える。……しかし、階下の寝室から聞こえてくる物音に、無関心でいることは出来ない。

隔離から三日目の夜、電話をかけてきた娘に、私はそれらの思いを話す。

「あなたの部屋からの、窓の景色、最高ね。毎日楽しんでいるわ」

「良かったわね、お母さん」

「なんだか、夢を見ているような気持ち」

「一番良い部屋に寝ていいのよ。言ってみれば、お母さんは家の〝牢名主〟みたいなものだから」

「ロー、ナヌシ……」

思わず笑ったが、その口元はすぐに強張った。大正末期から昭和にかけて、〝籠の鳥〟という流行り歌があったことは知っている。それが今や、そんな言葉に……。

かつて娘は大学受験に幾つか失敗した。自分の二の舞はさせたくなかった。最後に受けた大学の発表を翌日に控え、私は十字を切り、神に祈った。全身全霊で祈っているうちに、思わず口からでた言葉がある。

〝たとえ、小説が書けなくなっても良いですから、娘を合格させてください。〟

と。これも失敗の傷をひきずっている、母親の気持ちからだった。翌日、私は娘と一緒に大学の発表会場に出向いた。時間が来た。人混みのなか、K山の漢字を先に見付けたのは私だった。「S子、あったわよ、あなたの名前が……、おめでとう」

私はいつにない声でそう叫んだ。その大学は当時受験番号と共に、合格者を漢字表記していた。私は、書くことを捧げる決意までして、娘の幸せを祈ったのだ。この気持ちは、神に届いたはずだが……、許されているのか、私はまだ書き続けている。

……そんなことを思い浮かべながら、

「お父さんがお風呂にはいる時間だから……、あなたも明日は会社でしょう」

と言って電話を切った。

睡眠が取れると、日中は良く働ける。夫が、デイ・サーヴィスに行ったあと、掃除洗濯をする。洗濯物を干すときに妙なことに気付く。同じ下着やシャツの数が多くある。夫が汚れていないものでも放り込んでいるのか。電気代も節約したいのだ。

十一月になった。一日は日曜日で、三日が文化の日で祝日となる。一日の昼、娘からまた電話があった。「三日の午前中に、そちらに行く」という。

「では三日に」

と言って、電話を切った。

その日、十一月三日、夫は朝食のご飯と味噌汁、その他の菜を半分ほど残した。私はこの七日間、自分だけの寝室でゆっくりと眠っている余裕からか、文句ひとつ言わずそれらのものを片付けた。それから血圧降下剤など、食後の薬を自分の掌に乗せ、「はい、お薬」と言い、夫の差しだす掌に乗せた。いつのまにか、これら病院で処方された薬は、毎回妻私の手から夫の掌へと移動するようになっている。

「姿勢を良くして、飲んでくださいな」

嚥下のミスという問題があるので、いつも必ずそう言葉をかける。その朝も、薬は無事に喉を通過したようだった。食器を片付け、ひと休みしようと思ったとき、夫は突然、

「頭が痛い」

と言った。そして「眠い」と付け加え、寝室に向かった。

夜の睡眠が十分でないから、と思ったが私はやはり怒らなかった。横になった夫に声をかける。

「今日は昼過ぎに、S子が来ますよ」

「そうか」

「これから、ケーキでも買って来ようと思って」

「それがいい」

夫の賛成を得て、私はバス通りの洋菓子店に向かった。

シュークリーム、ロールケーキなどが入った箱を持って、戻ったときも、夫は寝室にいた。

まもなく娘が、「こんにちは」と言って裏口から入ってきた。

「S子、来ましたよ」

と声をかけると、夫は起き上がり、食堂まで歩いてきた。熱い湯で紅茶を淹れレモンを添え、それぞれ好きな洋菓子を味わった。夫は、子供の頃から好きだったというシュークリームを一つ食べ、それから紅茶を飲んだ。会話も弾んだ。それは穏やかなひとときに思えた。

「また、寝たくなった」

と夫が腰を上げたのはその直後だった。

「大丈夫？　お父さん」

娘は父親を寝室に連れ行く。まもなく戻ってきて言う。

「お母さん、お父さん眠ったみたいだけど……、私気付いたことがあるの。……息を吸ったり吐いたりするとき、喉の奥から、ヒューヒューという高い音が微かだけれど、聞こえるの。普通は聞こえない音よ。お母さん、それ、知っている？」

「知らないわ、聞いたことがないけれど……」

と答えた瞬間、私は息を飲む。コロナ禍と夫の発病以来、マスク越しの声が聞き取りにくくなっている。日曜のミサで、つい最近も経験している。聴力が衰えていることは間違いない。

「すぐに診療に連れて行く」

と、表情を硬くした娘は言う。そして三月に退院した大船のS病院に電話をかけた。電話はすぐに繋がったが、あいにくこの日は祝日であった。平素会社で訓練されているのか、娘は粘り強く交渉を続けている。

「そうですか。救急車なら、祝日の今日でも病人を受け容れて下さるのですね。わかりました」

少し待ってもらって、その旨を私に告げて、礼を言って電話を切る。そしてすぐに一一九番に電話をかけた。そちらもすぐに繋がった。しかしこの辺りは路地の多い旧市内である。

「お家の前に、駐車のできる広いスペースがありますか」

と聞かれたようで、

「二軒ほど先に、Tさんの広い駐車場が、あります」

と教えている。先方はそれが確認出来たようで、話が決まる。

「すぐに来る、って」

先ず夫に知らせなくてはならなかった。娘はすぐに父親のところに行く。夫は寝室から姿を現わす。頭痛と呼吸の苦しさからか、可愛い娘の声かけに、父親は拒否の色は見せなかった。

消防署は海岸近くにあり、救急隊員は、担架を持って現れた。

「大丈夫です」

夫はそう言って、担架には乗らず、十メートルほど先の、Tさんの駐車場まで歩いて行った。

家の鍵を閉め、救急車のなかのベッドに寝かされた夫の傍に、娘とふたりで腰掛けた。そして、救急車はサイレンを鳴らし、走り出した。

十一

気が付いた時、私は娘と共に大船S病院内の、救急患者家族待合室にいた。

息子にはすでに連絡してある。

救急患者担当医師の、診断の結果は、

「心不全並びに菌血症《きんけつしょう》です」

と言われた。そして心配していたコロナは「陰性でした」と告げられる。

菌血症とは、血液に菌が入る病気と説明される。

「口から菌が、入るのですか」、
と訊ねると、

「いや普通では、血管に菌が入ることはほとんどありません。歯の治療でもしない限り」

という答えが返ってきた。

私はまた息を飲み、絶句した。先週、夫をデンタル・クリニックに連れて行き、折れた歯の型を取ったばかりではないか。食事が美味しく食べられるように、と願う気持ちが溢れていた。しかし、健康な人間ならなんでもない歯の治療も、手術後の夫の身体には無理だったのかもしれない。


夫はその日から再入院することになった。明日以降は、以前と同じ面会謝絶である。駆け付けてきた息子とも顔を合わせ、今後の話をし、一人家に戻ったのは夜の九時過ぎであった。

その夜もまた、二階の寝室に上がり床に就いた。少し眠ったようだったが、深夜に目覚めた。

ステンド・グラスのスタンドのスイッチを点けると、白い天井に赤、青、黄、などの色が溶け合って、見えた。一つの色に決められない今の思いが、映し出されているように思えた。この部屋に一人寝ていること自体、不思議なことだった。これまで、コーヒーを飲み方、食事の好み、さらに手を合わせる宗教などが違っていても、特に疑問を抱くこともなく、夫婦という関係を続けてきた。寝室を別にすることはなく、その話を持ち出すこともなかった。

天井の色を眺めながら、この部屋に移って、何日目の夜か、指を折って数えた。

十月二十六日から数えて八日目の夜、すでに十一月四日になろうとしていた。今日のデンタル・クリニックの予約はキャンセルしなくてはならない。夫が楽しみにしていた新しい歯は、お預けとなってしまった。何もかも噛み合わなかったという思いが湧く。夫婦についての考えはまとまらなかったが、寝室を隔離してから七日目に、〝夫が救急車に乗った〟というのが数字上の事実となった。それは限界とも言えたが、逃げたとも言えた。どちらにしても、私の寝室はすでに二階にあった。スタンドを消してまた眠った。

夜が明け、朝の六時雨戸を開けると、朝焼けの海が光り輝き、左手に海岸松が二本見えた。部屋の中に目を移し、寝床に近いところに散らばった本を眺めた。中学生だった娘に買ってあげた『旧約聖書物語』犬養道子著の背表紙が見えた。モーリヤックの『テレーズ・デスケルウ』も近くにあった。古びた本で、何度読んだことか。……テレーズは、夫ベルナールが間違って多量の劇薬を飲んだとき、黙っていた。悪意からか、そうでないのか……。テレーズは、自由のない暮らしに心の飢えを覚えていたのだ。

私にも、夫への熱が冷めてからの日々があった。娘に〝牢名主〟と言われるほど家に居て、朝は見送り、夜はアルコールの匂いをさせて帰って来る夫を待った。夜更けに泥酔し、全身の力を無くして戻る夫の姿は、浜に打ち上げられた海月《くらげ》のように思え、幻滅の悲哀を覚えることもあった。しかし、夫は早世した父を愛し、美しい妻と酒と共にあった父の人生を愛していた。それが私に向けられたかつての愛にも感じられた。

……それらの愛の出発点が存在したことから、私の夫を見る目に甘さが残った、……と思われる。無意識のうちに、酒飲みの夫を庇う気持ちも生まれていた。心を病んで多くのことを忘れていても、二階に逃げた妻に「寒くなかったか」と声をかける夫にも、その記憶がどこかに残っていたにちがいない。

それが、私たちではないのか。

そう思い、……立ち上がって階下に降りた。そして台所で若布《わかめ》の味噌汁を作り、焼き魚や漬物と共に朝食を取った。いつもの夫の食事と同じものだ。最後に茶を飲み、少し気持ちが落ち着き、台所で後片付けをする。洗濯機を回し、再び二階にあがり、窓辺に立った。

早朝とは違う平凡な日差しになっていたが、どの時間でもこの窓からの風景は心を和ませた。空を凝視していると、子供の頃、生後三ヶ月の幼児受洗者として、生れて初めて覚えた聖歌を思い出す。オルガンから前奏が流れる。……そして聖歌隊の歌が始まる。

天《あめ》の后《きさき》　天の門

海の星と輝きます。

アヴェ　マリア

この聖歌〝ルルドの聖母〟の歌詞は、最初文語体だった。

時代と共に、何度も歌詞が書き換えられたが、その内容と音調《メロディ》は変わらなかった。その後、昭和二十年五月の戦災で、そのオルガンも何もかも灰になった。

……そして音調《メロディ》が耳に残った。当時の私に、聖書、公教要理の分析力はなかったが、長じて別のオルガンからその音が流れると、五感の全てが反応するようになった。

中年まで冴えていた聴力も、いつか衰えて鈍くなり、娘には聞こえた夫の吐く息に混じる、微かな音が聞き取れなかった。それなのに、呑気にケーキを買って来て、夫に勧めた。そんな日常を私は好んでいた。後ろめたさはあるものの、全ては成り行きだったという思いもある。

二階へ布団を運んだことも、今では信じられない行動だった。どうしてあのような力が湧いたのだろう。だれかが、私を〝二階へ……〟と、呼んだのだろうか。あの窓の光に誘われたのだろうか。言い訳をする気はないが……、そんな気がしてならない。

夫は菌血症の治療と共に、心臓のバイパス手術を受けることになった。私はその報告を受けた直後、義父、夫の父、ラガーマンを主人公にした、新たな長編小説を書き始めた。

その日、窓の向こうの空には、鳶が二羽飛んでいた。

面会日

車はＪＲ大船駅から、三キロほど離れた場所に向かっている。右手の樹々の先からは大船観音の顔が覗く。ワイパーが左右に動き、そのつど飛沫が上がる。八月半ば、九州地方から大雨になり、関東にも影響が出始めたところだ。

飛沫の向うに夫の顔が浮かび、「今日、帰るよ」の声が聞こえてくる。運転しているのは息子、助手席にその妻が、後部座席には大学生の孫娘と私が座っている。日焼けした孫娘の横顔が眩しく見える。日々運動部の練習に出ていると聞く。平素は違う市に住んでいるので嬉しさが湧くが、向っている先は、八十代後半の夫が在住している高齢者介護施設である。面会時間は午前十一時から十一時半の三十分間、二名まで。新型コロナワクチン接種二回を済ませた人、という条件付きである。夫と同い年の私と五十代の息子が、その条件を満たしている。面会場所は施設の玄関ホール、他二名は外からガラス越しに見学することになっている。

早めに到着したが、すでに面会の用意が出来ていた。中ほどに大きなテーブルがあり、玄関を背にして、二人分の椅子が置かれている。左側に私、右側に息子が腰かける。大きなアクリル板を挟んで向う側が、夫の席になっているようだ。この設定なら孫とその母親が夫の様子を見ることが出来る。正面の狭い空き地には植木の緑も見え、室内には花が活けられ、左側の壁には入居者の四季折々の娯楽写真なども飾られている。右側の奥はスタッフルームになっているようだ。定刻までしばらく待つ。


夫の問題は、二〇二〇年一月末、コロナ旋風と同時に起きた。

最初は、胸部大動脈瘤が発見され、二月に大船の病院で手術を受け、命拾いをする。手術直後に〝コロナ感染防止のため面会謝絶〟と通告される。家族も衝撃を受けたが患者も寂しく辛い思いをした。三月初めの退院後、夜の闇を怖がり、真夜中に、「電気、灯り、」と呻く兆候が見られた。認知機能にも衰えが生じている。その後、日々の散歩に同行し、食事、排泄に気を遣い八ヶ月間世話をしたが、祝日の十一月三日心不全の症状が起り、救急車で元の病院に運ばれた。ペースメーカーを装着する処置をして、また命拾い。リハビリ機能のある深沢地区の病院に転院した。

夫がその病院から施設に入るまでの段取りは、ほぼネットワークによって進められた。良くも悪くもスピードがあり、進行状況に気持ちが追い付かず戸惑いが消えなかった。

飲料会社勤務の息子は、「このままだったら、お母さん共倒れになってしまう」と言い、大学出版会で働く娘は、スマホを手に白い指を動かし、介護施設、仲介業者を探し出し、連絡を取り、見学の日時を取り決める。息子も娘も、連れ合いの親の一人を見送り、それなりに経験を積んでいる。コロナが収まらないその年の師走に、幾つかの施設見学をしたが、高齢という自覚をさほど持っていない私には、馴染めない風景に思われてならなかった。それでも最後に見学したG館という施設の風景が心に残り、年内に契約を済ませた。

事務的な手続きが行われている間、奇妙なことに気付く。私は六十年余連れ添った妻。保証人になるための印鑑も用意しているというのに、業者の誰も息子と娘の顔を見て話を進め、こちらに目を向けない。

〝心は優しく、頭は冷たく……〟若き日に文学指導を受けた故山川方夫氏の言葉に倣い、脳の温度は出来る限り低く保っている。そのコントロールが出来るうちは真の高齢者ではない、という思いがある。そんな私が扱いにくいのか、だれも近寄って来ない。もちろん黙っている私も悪い。

「たとえ、共倒れとなって息が果てようとも、私が夫の世話を致します」

と宣言しない、いや出来ないからである。後ろめたさが毎朝味噌汁を作ってきた記憶と重なり、複雑な思いとなっている。昨年から初めての一人暮しをしている。寂しさはあるが、自分の時間が多く使えることは有難い。夫は長年親族会社である中小企業で働き、発病時は会長職、従って定年後の気儘な暮しを知らない。

このところ毎日施設から電話がある。「ご主人様が奥様とお話しをなさりたい……、と。折り返しお電話を下さい」と言われる。かけ直すと、受話器を取るのは同じ施設の人だが、すぐに夫に替わる。夫はか細い声ではあるが、待ち構えていたように、「今日、帰るよ。明日会社に行くよ」と繰り返す。次の日は「もう荷物をまとめてある。車で来てくれ」と具体的な注文をする。「もう、免許返納しましたよ」と答え、軽い吃音のある私は、その都度宥める言葉を探し、必死で口を動かす。東京神奈川などの感染者数は急増している。施設の人の話によると、たとえ電話でも私と話すと、夫はその後、落ち着いた表情になり、夜もよく眠るという。

雨の音は聞こえなくなっていた。

夫は男性介護士に車椅子を押されて、前方から現われた。端正な顔立ちは以前のままだが、灰汁《あく》が抜けたような淡白な印象に変わっている。揃えている長い足も細くなったように感じられる。息子はすぐに語りかける。

「どうですか、体調は……。コロナが一向に収まらないんだよ。どうにもならない」

夫は微かに頷いている。その時、右手が上がる。手がゆったりと振られる。ガラス戸の向うで笑顔を見せる孫娘と眼が合ったようだ。

「昨夜はお母さんが、一人でお迎え火を焚いたよ。写真あるよ」

息子はスマホを取り出し、私が携帯電話から送信した写真、門前で苧殻《おがら》が勢い良く燃えているスナップ写真を、アクリル板に寄せ付ける。写真が確認出来たのか、「おう」という小さな声が聞こえる。

「自分で一度火を跨ぎ、もう一度お父さんの代理として、跨ぎましたよ」

私はそう付け加える。お盆の季節、家は代々日蓮宗光則寺の檀家である。

スマホが仕舞われ、話題が変わる。

「食欲はあるの。ご飯ちゃんと食べているの」「ああ、食べている」

「何か欲しいものありますか」

「チョコレート、うまいチョコが食べたい」

「あとで、届けるよ」

「お風呂は」「入っている」「誰か付いていているの」「ああ」

「なら大丈夫だね」

息子も大人になったのか、子供に話すような、優しい口調を崩さない。

「部屋に置いたテレビは見ているの」「うん」

「オリンピックはどうだった？　サッカー、野球、は」

「サッカー、見た」という返事が聞こえる。息子は、さらに続ける。

「サッカーの試合に負けて、悔し泣きをしたKという日本選手ね、表に居るN子と、幼稚園で一緒だったんだよ。N子の話では、幼稚園の頃から、K君は泣き虫だった、って」

息子は話を盛り上げようとしているが、目の前の父親は声を立てて笑ったりはしない。スポーツ好きの目の輝きは消え、大量に酒を飲んだ頃赤く染まっていた鼻先も白くなっている。

私は定期検診の結果を報告する。二十年前早期肺がんの手術をしている。さらに家の中で日に三十分ほど体操をしている、戸締りも火の用心も気を付けて、相変わらずものを書いて暮らしている、と告げる。

それを受けて息子は、「お父さんの会社は、コロナに影響されない職種だから、今年前期も黒字だってよ」と話す。「そうか」という答えが小さく聞こえる。

安心させるのは良いが、出社願望が湧いてしまうのは困る。面会終了後、息子の車に乗って帰りたいと言い出すかもしれない。全ての希望、願望、欲望は、妻の私だけに向けられているのか、病人の心の動きが良く読めない。今までのところ、息子の言うことは、反応が薄いながらも、大人しく聞いている。私と話す時のように、「今日帰るよ」と駄々をこねる気配はない。さらに今日来ていない娘の話をする。「オンラインではなくて、通勤しているそうよ。休日は夫婦でのんびりしているらしいわ」夫はやはり頷くだけだ。

時計の針は、刻々と動いている。すでに二十分を経過している。施設の人が現れ「時間ですよ」と告げる時が境目なのか。その瞬間、何か起こるのではないか。不安がよぎる。孫娘は時折手を振るのか、それに合わせて祖父の手と気持ちが動く。夫としても良い日であることは間違いない。話を続けるうちに、面会時間はあと五分になっていた。私の不安は募り、胸の動悸は高くなっていた。

「もう、今日はこれでいいよ」

夫は不意にそう言った。

「疲れたのかな」息子がそう言う。

「ああ、疲れた」という返事。

目を凝らすと、アクリル板越しの表情にも、疲れの色が浮かんでいるように思えた。意外な結果に、私は新たな混乱を覚えていた。

施設の人に声をかける。男性介護士が現れ、車椅子が動き出す。私はその寸前にアクリル板をよけて、夫の手を握る。夫は握り返してきたが、悲しいほど弱い力であった。それから息子と私、外にいる二人も手を振って見送ったが、夫は振り返ることもなく、ホールからエレヴェーターに向かう廊下へと姿を消した。

「また来るからね」という孫娘の声が、ホールの中に響き、残った。

マルタの犬

後部座席左側からドアを開け、身体を車のシートに乗せると同時に、右腰のあたりに何やら動く気配が感じられた。目を下に向けると、細かい網目越しに白い毛に包まれた犬の顔が見える。そこには持ち運び用に作られた布製ケージが置かれている。

「お早うございます。今日はポン子を連れてきました」

息子の妻万美の声が聞こえる。意外な気持ちと共にここ数ヶ月味わえなかった柔らかい感情が湧く。私はポン子に手を差し伸べる。ポン子は、私の匂いを確かめるかのように黒く丸い鼻を寄せ、赤い舌も覗かせている。

ＪＲ大船駅西口から息子昭男の運転する車が走る。いつもの通り樹々の合間から大船観音の白い顔が覗く。高齢者介護施設に入居する夫との面会日である。夫は間もなく米寿の年齢、私もそれに近い。季節は秋になり樹々の葉は色付いているが、コロナ禍は続き、面会時間は三十分、二名のみという施設の規則は変わらない。そして私の心に疼く後ろめたさと寂しさの重なる複雑な思いも、消える気配がない。私は車が施設の車庫に入るまで、網目越しに犬の体温を感じていた。

万美の手に抱かれてこの犬が私の家に現れたのは、一年ほど前まだ仔犬の頃だった。白い毛は長からず短からず垂れ、それが丸い黒目と小さな鼻を引き立てる。孫の大学生がコロナ禍で巣ごもりをし、オンライン授業がはじまったのが、飼うきっかけになったようだ。

「雑種ではないようね」犬に詳しくない私は、そう言った。「ええ、マルチーズとシーズーのミックスです」「混合種ということかしら」

「はい、マルチーズは、古代ローマの偉い人がとても可愛がった、という話です」「まあ、ローマにさかのぼるのね。名前は」

「ポン子、雌犬です」「ポン子」

そう言いながら、私はポン子に手を差しのべたが、少し怯える表情と万美の腕に強く摑まる態度を見せたので、意外に思った。昭男とその妹志保が学生だった頃一度雑種の犬を飼ったが、その犬が死んで以来家でペットは飼っていない。私はどちらかと言えば、草花を育てる園芸作業が好きで庭の土弄りを好む。それ故周囲から〝犬好き〟と言われたことはない。夫は犬好きではあったが、親族会社に鎌倉市から東京築地まで通勤し、夜はいつもアルコールの匂いをさせて戻って来たので、犬の散歩に付き合う時間を持たないまま年を重ねた。

息子夫婦とその犬が帰ってから、私は電子辞書のふたを開け、マルチーズと打ち込んだ。

〝Maltese（マルタ島に由来）イヌの一品種、

白い絹糸のような長毛が身体や顔を覆う。ローマ以来の愛玩犬。〟

という画面が現れる。〝ローマ〟文字を見た瞬間、二十年前の記憶がよみがえる。

二〇〇一年、私はイタリア巡礼旅行に参加した。その折、シチリア島の土は踏んでいる。その島からさらに南方の小島がマルタ島だ。

……初夏の季節、旅のあいだ聞こえていた蟬の声が耳に残っている。それは、〝ジ、ジ、ジ……〟と小刻みだが、強く響く鳴き方だった。巡礼の統率者でもある、世田谷区上野毛教会のアダミニ神父は、流れる汗を拭いながら「これがイタリアの蟬の鳴き声です」と教えてくれた。アダミニ神父と知り合ったのは、親代わりだった兄の死の直後、その埋葬の地であった。私はその二年前に早期肺がんの手術をし、再発率が低くなる五年生存の壁を目指し、日々祈り生きていた。

「夏にイタリア巡礼の企画があります。南部のシチリア島から、ローマ、バチカン市国を経て、中部のアッシジに向かう旅です」

私はすぐに参加しようと思った。

シチリアのカターニアに、聖《サンタ》アガタの町があった。聖アガタは、私が幼児洗礼を受けた時に授けられた霊名である。広場に銅像の建つその地は、乾いた土の匂いと殉教の聖人を称える人びとの熱気を感じる町だった。

母は私の誕生日が二月五日、カトリック暦にこの日がアガタの祝日と記載されていたので「霊名を決めた」と言っていた。その他の説明はなかった。母はその頃所属の麴町教会婦人会の奉仕者として働いてもいた。私は母が四十三歳の時に生れた八番目の子供、手が回らなかったのも無理はない。結婚相手にも難しい条件は付けず、キリスト教徒でなくてはならない、と決して言わなかった。その母は私が嫁いでまもなく、亡くなっている。

巡礼旅行中のガイドは、イタリア語の出来る日本人男性で、バスの車内で丁寧に解説してくれた。「聖アガタはこの地で、乳房の守護神と言われています」私は、乳房という言葉に驚き、耳を疑った。「二五〇年当時、美しい娘アガタはローマ総督から求婚されました。しかしその生涯を神に捧げると決めていた彼女は、それを拒否しました」母から教えられなかったアガタに関する知識は、教会の図書室で見つけた『聖人伝』で補った。それによると、エトナ山が噴火した折、彼女の働きによって町を救ったと伝えられることから〝火災の守護聖人〟とされていた。

ガイドはさらに続けた。「激怒した総督は、アガタに拷問を加え、最後に両乳房を切り取ったのです」

「アガタの町には、切り取った乳房をかたどったドルチェ（菓子）も売る店もあります。ご案内しましょうか」

私は「ノー」と言って首を横に振った。やがてそのバスを降りて、街を散策する。菓子店には寄らなかったが、街角の各所に、美しい聖アガタが切り落とされたふたつの乳房を皿の上に乗せて持っている姿の絵が掲げられ、その話から逃げようもない空気が漂っていた。

母譲りの大きな乳房を持つ私は、十代の頃、しばしば通行人に指差され、揶揄され、それが心の傷になっていた。あの頃この話を知っていたならば……と悔やむと同時に、知らぬ間に聖アガタに護られていた、と知る。

辞書を閉じると同時に、旅行中のメモがあった筈、と探し、幸いエトナ山のスケッチも混じる、ノートを見付けることが出来た。

一五五一年、オスマン帝国がマルタ島に侵攻した時、人びとは聖アガタにとりなしを祈り、結果的にマルタ島は守られたため、彼女はマルタの守護聖人ともなった。

走り書きで、そう書かれている箇所があった。これに寄って、聖アガタがポン子の先祖とも深い関係にあったことが分かる。

巡礼の最終日、イタリア北部、神父の故郷である小さな村ソニコに向かった。コモ湖から山道をバスで二時間走り、その村に入った時、村人たちが手を振って巡礼者一行を迎えてくれた光景が忘れられない。神父はその村で生まれ育ち、その生涯を布教に捧げる決意をした、と言う。午後はその村の聖マリア・イン・バラデッラ教会で神父の金祝記念ミサに参加した。

その夜、ホテルから日本に居る夫に電話をし、「明日帰ります」と告げた。二週間の旅であったが、二十年後の現在抱いている後ろめたさを、夫に感じることはなかった。結婚以来、婚家のしきたりを重んじ、家事と育児に専念し、好きな物書きもほとんど休止していたからである。それら記憶の断片が不思議なことにコロナ禍の続く今日この頃に、そしてポン子にも重ねられてくる。

昭男は川崎市西部から来るためにその日は約束の十一時に少し遅れた。それ故、車を駐車場に入れてG館の玄関ホールに入った時、すでに夫の車椅子は、中央に設置されたアクリル板越しの面会席に到着していた。発病以来続いている、表情の乏しさは変わらない。何よりも声を立てて笑わなくなっている。服装は白のトレーナに艶のある黒の前開きベスト、ズボンは藍色のジャージー、もちろんマスクはしている。

「お待たせしました。休日で車が渋滞して」

昭男の声と同時に座りたかったが、施設の人に、「手の消毒、検温そして記入を」と言われ立ち止まる。消毒を済ませ検温台の前に立ち、最後にテーブルの上に置かれたクリップボードを前にする。入居者は男女合わせて約四十名の施設、面会申込みが多いのか、大きなボードに挟まれた記入欄には、左右にぎっしり名前が記されている。ペンを持ち、住所氏名を書き込む。面会時間、妻、息子と続柄も書く。これも施設にクラスターが起きないため、とされている。書き終えてやっと夫と向き合う。昭男はすぐに言葉を発する。

「今日はポン子を連れてきている。ほら、ガラスドアの向うで万美が抱いている」

夫はその言葉を解し、六、七メートル先のガラスの向こうに目を遣る。

「今、ぼくとお母さんしか記入しなかったが」

昭男は、そう言って苦笑いをする。万美が手を振ったのか、夫の右手も上がる。私はポン子を背中で感じている。

「今日は車で来たし、帰りにお墓参りをしようと思う」

「よろしく頼みます」「分かりました」

婚家は、鎌倉市長谷にある日蓮宗光則寺の檀家である。私は〝よろしく頼みます〟というその声を久しぶりに聞き、密かに安堵する。

夫がこの施設に入居したのは半年ほど前だが、最初の頃は毎日電話をかけてきて、「今日帰るよ、明日は会社に行くよ」と言い続け、仕事も墓参りも自ら進んで行く、という姿勢を崩さなかった。四十歳で亡くなった父親に代わって、親族会社と家を背負ってきた長男の、強い思いが消えなかったと思われる。

「私も一緒に行きます」

「よく掃除をして」

いつも通りの夫の言葉に「はい」と答える。長谷の山に囲まれた墓地は、秋になると木の葉が溜まる。心臓の手術のあと認知機能が急激に衰え、喜怒哀楽の反応が薄くなっても、墓地を掃除し、花を供え線香を焚く、という先祖への思いは消えないようだ。会話の合間にも、ガラスドアの向うに目を遣り、手を振る動作は続いている。

かつて亡き姑から、長男である夫は弟が生まれる六歳まで、一人息子として育ち、その間はワイアー・フォックス・テリアを飼い可愛がっていた、と聞いている。

それから二十年後、私は現在の息子である男子を産んだ。病院から家に戻った夜、夫は茶の間でその赤子を初めて抱いた。両腕の重みと温かさ、目で捉えるその赤らんだ顔の印象、さらに父親になったという強い実感が湧いたからか、思わず洩らした一言《ひとこと》がある。

「可愛い、犬より可愛いね」

その言葉は、新米の父親としての宣言にも聞こえた。私は微笑むばかりであったが、姑にとっては特別の感慨があったようだ。姑は第一子である夫を丁寧に育て、幼児期、小学生時代など折々の息子の言葉を耳に捉え、鮮明に記憶していた。翌日の午後、共に茶を飲もうと、菓子を持って現れた隣家の夫人に、

「泰男は、昨夜こんなことを言ったのですよ」と嬉しそうに語っていた。その姑も、初孫昭男が二歳の誕生日を迎えた直後に亡くなる。

以来、命日、彼岸、年末年始などの墓参は家族の欠かせない行事となった。

家の事務的な報告はひと通り済ませた。コロナ禍の月日に、夫の先輩一名、友人一名の訃報が入ったが、それは伝えていない。


報告が終わった時、私に一つの案が浮かんだ。面会者は二名のみ、というならば、ガラス戸の内と外の人間を交代するのはどうか。右手のスタッフルームに声をかけたが、出払っているのか、返事がなかった。

「万美さん、私が外に出ますから、あなたポン子と中に入って、主人の傍に行ってくださいな」

万美は一瞬驚いたようで「よろしいのですか」と言ったが、数秒後には
「そうしましょう」

とすぐに承諾してくれた。昭男も反対しなかった。それからは、私がガラスドアの外に立ち、ホールの中の遺り取りを眺めることになった。ポン子を抱いた万美は、検温器と面会者記入欄のボードの前を通り過ぎ、アクリル板を越えて夫の右手に近寄りしゃがんだ。「ポン子、じいじ、ですよ」

と子供にかける声と同じ言葉発しながら、さらに身を寄せる。夫はすぐに手を伸ばし、ポン子の白い毛並みを撫でさする。最初は遠慮がちに、次第に強く揉むように両手を動かす。そしてそれは止むことなく続けられる。

万美は夫のベストと同じ色のダウンコートを着ていた。その少し光る黒と、ポン子の白い毛並みを背景に、首輪とそれを繋ぐ紐の明るい臙脂色が、ガラス越しにも鮮やかに映る。飛び入りではあったが、何一つ不自然な印象はなかった。何よりも万美が自ら進んでポン子の飼い主になった事実が、その動物愛を感じさせる人柄が全てに溶け込んでいた。夫の手は優しく動き続ける。その手その指の肌色は、生きている人間の持つ色だ。この肌の色がいつまでも輝いてくれることを願う。声こそ発しないが、その顔には平素の面会時にはない喜びの色が浮かんでいる。ポン子も犬好きの夫を嗅ぎ分けたのか、その手を受け容れ小さな舌を動かす。

犬好きではなかった私にもいつにない感動が湧き上がる。これがセラピーというものなのか。人には出来ない癒しの力が、ポン子から病人に向かって放たれている。私はドアを少し開けて、

「昭男、スマホで写真撮って」

と声を上げる。昭男はすぐにそれに応える。左右に移動して何回もボタンを押す。

ああ、この光景は、映像に残る。永遠に。

そう思うと涙が零れそうになったが、堪えた。夫はさらに犬を撫で続けた。その背景に、光則寺の墓地とアガタの町が、一体となって浮かんだが、すぐに消えた。病人の笑顔が如何なる風景にも勝る。

……ガラスドアからはもう夫とポン子しか見えない。大きなクリップボードも、コロナへの恐怖も、マルタの犬の白い毛並みに、包まれてしまったように思えてならなかった。

孔雀のいる寺

午後五時を回った頃、息子と娘が鎌倉の家に到着した。令和三年の暮、八十七歳の夫が亡くなって以来、私は一人暮らしだ。子供たちにはそれぞれの家庭がある。長谷光則寺で行われるY住職の通夜は六時から始まる。タクシーを呼んで行先を告げる。走り出した時、「坂の上まで登ってくれると有り難いのですが」と頼む。寺は急坂の上にある。

坂の上で車を降りた。前方の山門に提灯の灯りが見える。今夜のために掲げられたのだろう。かなりの大きさの提灯で〝光則寺〟と書かれた太い墨字が、暖かい印象を放っている。右手前に受付所が設けられていて、私は〝檀家〟と記されたところに名前を書く。姓と名前をしっかりと書く。この寺に来ると、名前への拘りを思い出す。そして整理券をもらった後、坂の方角に少し戻って、三人で焼香の列に並んだ。列は山門への階段から本堂に向って続き、ほとんど動いてはいない。

改めて、その周辺の風景を見る。令和四年三月の十三日、梅の花はまだ散っていない。現在は山門前の庭になっているが、かつては幼稚園児の出迎えで、若い母親たちが集まった場所だ。通夜の開始を待つあいだ花を眺めたいが、日の暮れるのが早い三月の闇が邪魔をする。目を凝らしても、白い花が点のようになり、微かに光って見えるだけだ。蠟梅が美しい寺と知っているが、その黄土色はさらに見えない。見えるのは、受付の灯り近くに掲げられた、大きな枠の紙文字である。

〝えんちょ　ありがとう〟

と読める。園児たちが力を合わせて造った別れの言葉と思われる。Y住職である園長は、〝えんちょ〟と呼ばれ親しまれていたようだ。故人は日蓮宗の寺に生れながら、福祉活動にも力を注いできた人だ。列に並んでいる人のなかにはその父兄、母親もいると思われる。枠の近くには、二十一世紀風のディスプレー装置が並ぶ。健在だった頃の住職の笑顔と、その活動の様子が映し出されている。それらの映像が新たな哀しみとなって目に染みる。

私の夫、子供たちにとっては父親であるKが昨年十二月二十四日、誤嚥性肺炎で静かに息を引き取った。その後、市内の病院から由比ヶ浜の自宅に移動した。先祖の仏壇のある日本間に落ち着き、葬儀業者が胸の上に花を載せた時は、すでに深夜であった。

翌朝すぐに光則寺から、Y住職と若住職が駆け付けてきて、〝枕経〟を唱えてくれた。枕経とは通夜や納棺の際、死者の枕元で行う読経である。その折、Y住職は、体調が悪いと言っていたが、杖を突いている以外変ったところはないように思えた。そして夫の四十九日の法要、墓地への納骨も無事に済んだ。コロナ禍のさなか、無事に供養が出来たことは不幸中の幸いであった。夫を亡くした哀しみは深いが、支えてくれた人たちへの感謝の気持ちは消えていない。それ故、一昨日届いた寺からの速達には驚かされた。Y住職の通夜と葬儀の知らせだったのである。

紙の文字の向こうには、代々の住職が経営する長谷幼稚園の旧園舎がある。この園舎が使われていたのは半世紀も前で、現在は、坂を上がってすぐ右手に新築されている。刻々と弔問客の数は増えている。他の寺の僧侶だろうか、袈裟懸け姿の人たちも、行き来している。鎌倉に日蓮宗の寺は多いと聞く。しかしその繋がりだけではなく、Y住職の人柄を偲び、足を運んでくる人もいるように思われる。その人たちの表情を見たいと思うが、列の周辺は、闇が邪魔をして、はっきりと見えない。私は心のなかで嘆く。ああ、闇は嫌だ。これ以上、人の死が続くのは耐えられない……。そしてやっと声を出す。

「私、夜に此処に来たのは初めてかもしれないわ」

「そうだね、いつも朝この入口まで送って来て」「昼にまた、迎えに来る」

「懐かしいな」と息子は言う。「お兄ちゃんも私も、此処の長谷幼稚園の卒園児よ」娘の言葉が自慢げに聞こえる。

この場の私の気持ちと、子供たちの気持ちにはかなりのずれがあるようだ。確かにこの通夜に集まる人の数は多い。荘厳な空気に感動している様子も見える。行列は少しずつ前に動き出している。階段を上がり山門を潜ると広い庭になり、読経の声、木魚の音も聞こえてくる。庭の一画には宮沢賢治の詩碑が建つ。詩人宮沢賢治の活動を支えたのは法華経と聞く。その精神は他人に迫害され誹謗されても、他人のための手助けをするというものだ。

サウイフモノニ　ワタシハナリタイ

と、書いているのは、願望だろうか。……、私の心に子供たちへの後ろめたさが湧く。

息子と娘の脳には、幼少時の記憶として、園児時代が強く刻まれているようだ。それはこの幼稚園に入園させた亡き夫と私の責任でもある。当時は経済状態が悪く、地の利と月謝の安さから、この園を選んだに過ぎない。特に娘は、私の出身校の姉妹校、片瀬のミッション・スクール付属の幼稚園に入れたかった。実家は親の代からのカトリック信者だった。私はその家の第八子に生まれている。一家は、昭和二十年五月の東京大空襲によって、麹町の家を失い、やむなく鎌倉市長谷東町に住むようになる。その家の四畳半で、私は十代から小説を書くようになった。そして縁あって鎌倉在住の男性と結婚した。

昭和四十年、息子泰男の入園式の日、二十代の母親だった私は二人でこの坂を上った。前日から息子に着せる服その他準備をしていた。その朝、夫も私に「頼みます」と言って会社に出勤した。天気も良く、何もかも普通の春の朝に思えた。桜の花咲く園舎の前に到着した。現在旧園舎となっている建物は新しく、入り口には木製の靴置き棚も備えられていた。仕切り板にはそれぞれ新園児の名前が書かれていた。三十人程の数だったと記憶する。一段目から丁寧に名前を読み、二段目に〝くらたやすお〟の名前を見付けた。外履きを内履きに履き替えて、泰男は、園内に飛び込んでいった。そこで泰男は保育士から名札を与えられ胸に付けた。

若い女性保育士は、声を張り上げ、

「お母さん方も中にお入りください。間もなく入園式がはじまります」

と言った。しかしその時、私の眼は宙に浮き、靴置き棚の方角を追っていた。何もかも分かっている上のこと、息子が可愛くないわけでも、母親の意識がないわけでもなかった。それにも拘らず、靴置き棚にも、〝入園おめでとう〟の紙を貼った白い壁にも、何処の空間にも私の名前のないことが、その事実が衝撃に思えた。

私の名前が消えた。

全身の感覚がその事実を捉えたのだ。九段のミッション系S学園も、疎開した茨城の村立小学校でも、敗戦後、復校した焼けビルのS学園にも、鎌倉の洋裁学院にも私の名前はあった。

「さあ、泰男くんのお母さんもどうぞ」と声がかかる。その日、「泰男くんのお母さん……」と何度言われたことか。当時、まだ子供の数は多く、そうした呼びかけは当たり前のことだった。戦後、憲法が変わったと言っても、家父長制は続いていた。十九歳年長の私の兄はその典型的な人物で、父が脳梗塞で倒れた後、一家を支えると同時に、その権力を行使していた。毒舌家でもあり、私は〝末っ子の味噌っかす〟と呼ばれ、〝早く嫁に行け、目障りだ〟とも言われていた。女性の権利はあってなきもの。〝ジェンダー〟という言葉もまだ一般化されていなかった。

……子供はやがて巣立っていくもの、その時は名前のある女性として、笑顔で送り出してやりたい。確かに、元は末っ子の弱虫なのだ。だからこそ、原稿用紙の最初に名前を書いて、両足でしっかりと立つ文章を書いていきたい……。

しかしこの話は誰にも話さず、子供を切望していた夫にも伝えることはなかった。

記憶に浸っている間に列は動き、本堂は近付いている。読経の声も大きく聞こえている。先の灯りに目を遣ると、本堂の入口手前に焼香所が出来ている。白い布をかけた台の上に、灰壺が置かれ、煙が立っている。靴を脱いで堂内に上がらなくて良い、ということらしい。覚悟して通夜に来たと言っても、足腰が弱っているので安堵の気持ちを覚える。焼香を終えた人たちは、左手の山の方角に消えていく。〝出口通路〟の立て札も見える。焼香所が近付く。本堂の中も一部覗ける位置だ。ゆっくりと焼香をし、手を合わせて祈る。

Y住職に別れを告げて、左に曲がろうとした時、私はその方角に長年棲む、ある生き物を思い出していた。それは光則寺で長年飼育されている孔雀である。山沿いに、見上げるほどの高さの檻がある。子供たちが幼稚園児だった頃から、いつも二羽の孔雀がいた。その孔雀の羽根は、流鏑馬の練習用の矢羽根に使われる、と聞く。全ての羽根を開き切った時の孔雀の印象は神秘的でもある。その羽根の芯に散りばめられた、目玉羽根と言われる箇所、その金色と青そして黄緑の入り混じった色彩は、自然の産物とは思えないほど見事である。孔雀明王、厄除け祈願、などを行う寺もあると聞いていたが、光則寺ではそのような説明を一切せず、飼育に専念し、寿命が尽きれば補充し、日々子供たちに親しませた。

この闇のなか、孔雀が見えるだろうか。出来れば心が湧き立つ羽根の色を見てみたい。そして闇から脱出したい。

「孔雀の檻の前を通ってみるわ」

息子泰男に言う。

「お母さん、暗いから何も見えないよ。孔雀はきっと眠っているよ」

「それでもいいの。傍まで行けばきっと何かが見えるわ」

私はそう言って、闇のなかを歩き出した。

遺品整理今昔

令和三（二〇二一）年十二月クリスマス・イヴの夜、肺炎で亡くなった夫の通夜葬儀は、コロナ禍のさなかであったが、滞りなく行われた。葬儀の当日、鎌倉下馬四ッ角にある葬儀会場には供花が多く届いていた。家族葬と通知したので、花の数に比べて人の数の少ない会場になったが、若住職の読む経はいつもと変わらず、死者を送る真摯な声となって胸に響いた。

年が明け、令和四年二月、夫の四十九日を迎えた。法要の場所は、鎌倉市長谷にある日蓮宗光則寺の本堂、六十数年前、私が嫁いだ家はこの寺の檀家であった。出席者は妻の私、息子夫婦と二人の娘、娘夫妻のみ、僅か七名である。それぞれ黒の喪服を着ているが、どれも洋装で、本堂の参列者の席には木の椅子が置かれている。若住職が読経しながら叩く木魚の前も椅子である。黒色の袈裟をまとった後姿は年齢を隠すが、経を唱える声には若い力が感じられる。本住職は体調が悪いと聞いている。

私は、姿勢を正してその声を聞く。一語一語洩らさずに聞いていると、〝南無妙法蓮華経……〟と唱えるとき、〝南無妙……〟の〝無〟を〝ム〟と強く発音していることに気付く。それは〝ン〟ではなく〝ム〟と読まれている。いや、七文字すべてが一語一語しっかり読まれていると感じて、思わず手を合わせる。木魚を叩く音にも力が入っている。耳を傾けていると心が弾んでくるような躍動感がある。

実家の両親はカトリック教徒で、私は生後百日に母の腕に抱かれて洗礼を受けている。小さい頃から音感が良く、教会のミサで歌われる聖歌のメロディはすぐに覚えた。しかし耳への刺激は時に妄想を生み出すこともあった。約一時間のミサ中、私は聖歌を伴奏に、有らぬことを考える子供だった。

今も木魚の音と共に、ある記憶が浮かび上がり、同時にある言葉が聞こえてきた。それは、〝シンモスの、タチキリ〟

という短い言葉である。木魚の音と重なって、

〝シンモス〟〝タチキリ〟

の声が繰り返すように、聞こえてくる。ああ、今の時代……、コロナ禍の時代、と言えば良いか。人はコロナワクチンの製造会社の名、ファイザー、モデルナ、などは覚えるにしても

……。この言葉を知っている人は少ないに違いない。……記憶は妄想にも近い力になって、湧いてくる。

それは、昭和三十九（一九六四）年春の季節のこと。私は黒く重たい電話機を手にして、義理の伯母が発するその〝新モスの裁ち切り〟の意味を全く解すことが出来なかった。

同居していた姑が二月に亡くなった後、三十歳になったばかりの私は、長男の妻としてその衣類の整理をしなくてはならなかった。姑は、六人の兄の後に生まれたひとり娘で、近江商人の父親にたいそう可愛がられ、そのせいか、衣装持ちであった。すべての衣装は現在和服と言われる〝着物〟で、何竿もの桐の箪笥の中に収まっていた。それでも戦後は未亡人になり売り食い生活もしたと言い、衣類はかなり減っていたらしい。四十九日を直前にして、私はその箪笥の前に立ち、半ば茫然としながらも思案した……。

〝形見分け〟という言葉も当時はよく耳にした。満二歳になった息子を育てながら、私は姑が寝起きしていた二階の部屋の箪笥を開けその衣装を取り出し、畳の上に並べた。息子はその合間を縫ってヨチヨチ歩きし、時折私の膝にもたれた。

「これは、おばあちゃんの着物」

と指差すと、

「オバーチャンノ　キモノ」

と復唱する声が返ってきた。

生来病弱で、細身の身体を持っていた姑の着物は、太めの私の身体に合わなかったし、色や柄の好みも違っていた。生前に姑の箪笥をひと竿もらっていて、すでに日々使っていた。戦災で焼け出された私はろくな嫁入り道具を持ってこなかった。この箪笥を大切にしようと思い、上等な着物類は、健在している六人の兄の妻たちを中心とした、姑の親族に形見分けをすることに決めた。

そこまでは、通夜葬儀から続いた仏事の流れだった、と思う。

形見分けの配分もほぼ決まった。

着物、羽織、帯、帯留、帯揚、などに加えて、外出時に羽織る道行も加えた。これらを何かに包んで法要をする寺の座敷まで運ばなくてはならない。当時は、その座敷で精進落しの会食も行うのだった。さて、どうしたら良いか、考えている時に電話のベルが鳴った。夫が〝池袋の伯母ちゃん〟と呼んでいるこの女性は姑の次兄の妻で、姑にとっても義理の間柄だった。長男の妻ではない気楽さからか、この池袋の伯母はよく電話をかけてくる。以前その一家に仏事があった時、電話をかけてきて、

「当日は、お数珠を、お忘れなく」

と言われた。生前姑から、その家は経を〝南無阿弥陀仏〟と唱える浄土真宗と聞いている。しかし私の実家の話は伝わっていないらしい。

「あの、私……、お数珠持っていなくて……」「私の実家も、私もキリスト教徒なので」と話したことがある。伯母は、思いがけない返事に驚いた様子だったが、

「そうですか……」

と言って沈黙した。しかし、〝古いしきたりを教えたい人〟という印象が残った。

その日、受話器を取って、耳に聞こえてくる声が池袋の伯母と分かった瞬間、この問題を話そうと思った。予想通り、答えはすぐに返ってきた。

「それは、新モスの裁ち切り、をご用意なさって、包むのです」

実家の母から、モスリンという言葉は聞いた覚えがある。しかし〝新〟が頭に付き、〝裁ち切り〟が後に続くと分からない。

「私たち一家は、いつもそうして形見分けを……」

電話の向こうの伯母は、簡単に説明をしてくれた。

……それは呉服店に行けば売っている品物で、純毛モスリンを擬したもの、着物地と違い、幅八十センチほどの綿織物、……と教えてくれた。礼を言って受話器を置いた。

幸いにも、当時私の住む鎌倉のバス通りに、間口の広い老舗呉服店が存在していた。私はそ

の翌日、息子の手を引いて、その呉服店を訪れた。主人と思われる中年太りの男性に、
「あのう、新モスという生地は、あるでしょうか」
と、小声で聞いた私に、「ございますよ」という元気な返事が帰って来た時は、嬉しかった。
広げて見せてくれた反物は、伯母の言う通り、かなり幅のある無地の反物であった。私は、
「義母の、四十九日の形見分けに」
と話すと、それもすぐに分かり、直角の風呂敷になるように、何枚も切ってくれた。そして、
その切った面を見せながら、
「この部分が、裁ち切りです。形見分けの場合、布の端は決して縫いません。亡くなった方へ
の思いを〝断ち切る〟という意味が籠められるのでしょう」
と話してくれた。
四十九日の当日、私は、畳の部屋に正座して、その布に包んだ形見の品々を、親族に渡すこ
とが出来た。出席の人びとは、全員黒の喪着物で、私も同様だった。十人もの人たちはそれが
自然であるかのように、手を合わせて受け取り、持って帰った。数日後、池袋の伯母から手紙
が届いた。それには、
〝あのお羽織を着て、私どもの家にいらしたときの、お義母様のお姿が忘れられません。色々
とご苦労さまでした〟と書いてあった。

残りの衣類は、母校フランス系ミッションスクールの売店の仕事をしていた、アンナ様と呼ぶマ・スールが紹介してくれた、ゼノ神父宛てに送った。あて先は、東京都台東区浅草という住所であった。こちらもまもなく礼状が届いた。直筆かどうか分からないが、日本字を万年筆で書いた葉書だった。〝新モスの裁ち切り〟という言葉と共に、〝ゼノ神父〟の名前が記憶に残った。

世紀が二十一世紀になってまもなく、私は電子辞書を手に入れた。蓋や枠は臙脂色、キイは黒の製品で、内蔵広辞苑はまだ第六版だった。操作を繰り返している途中、何気なく〝ゼノ〟と打ち込んだ。すぐにその解説と写真が出て来た。

それは私にとって大きな驚きであった。……あの時は、若さもあって後先を考えずに働いた。それゆえ遺品の送り先の名が、このようなかたちで表われるとは思ってもいないことだった。そこには、

ゼノ（Zeno Żebrowski）ポーランド生れのカトリック修道士、一九三〇年来日、特に第二次大戦後、戦災孤児や生活困窮者の救済に生涯献身。（一八九八〜一九八二）

という黒い電子文字が並んでいた。写真も開くことが出来た。長いあごひげを蓄えた、その

慈愛に満ちた顔写真を眺め、夢を見ているような気持ちになった。

若住職は経が終わった後、故人を偲びながら法話を語った。その後皆で焼香をし、さらに裏の山の墓に登り、納骨をした。

寺での行事はそれで終わり、七人は長谷の大仏殿に近い老舗中華料理店まで移動して、精進落しをした。会食中、故人の思い出は多く語られたが、形見分けの話は出なかった。あの時二歳だった息子は身長一八〇センチを超えた男になり、一七二センチの夫とはサイズが異なった。

その後、遺された夫の衣類は所属のカトリック由比ヶ浜教会に、届けた。その大量の運搬は、息子の運転する車に助けられた。すでにロシアによるウクライナ侵攻が始まっていて、教会の担当者は、〝その地に衣類を送るルートがあります〟と話していた。

蓮の花は泥のなかから咲く

一九九〇年代、夜間スクーリングに通っていた帰途、鎌倉駅から江ノ電に乗り換え、和田塚駅で降りるとすぐ、その改札口に通勤姿の夫を見付けた。「鍵を忘れたので、家に入れなかった」と言っている。東京築地から一旦家に着き、和田塚駅まで戻って三十分ほど待っていたらしい。特に寒い季節ではなかったので良かった、と思うと同時に、夫が怒っていなかったので胸を撫で下ろした。一九八九年、通信教育課程に入学し、九五年度に卒業するまでの間、どれだけ夫に支えられてきたか、いま改めて思う。

その夫は、二〇二一年十二月に亡くなった。病み始めたのは、コロナ禍とほぼ同時で、約二年の闘病生活を送った。生前の夫には、他者には想像出来ない程、慶應義塾大学への強い愛が溢れていた。昭和十五年に慶應幼稚舎入学、普通部、日吉高校、三田大学と十六年間在学し、福沢諭吉先生の教えをはじめ、幼稚舎時代の担任、吉田小五郎先生、大学時代の担任石川忠雄先生の教え、そして演劇研究会での、演劇仲間との交流など、心のなかに豊かな経験と記憶を残していたのである。

早慶戦を慶早戦と言うなど、慶應独得の空気は家のなかにもあり、居間の壁には三色旗が数多く貼られていた。二〇一一年、東日本大震災以来、由比ヶ浜に津波が発生した場合を想定し、町内会の人びとが結束して避難場所を決め、その役員が私宅を訪れることもあったので、慶應に縁のない人が見たら、少し可笑しいのではないか、と案ずる程であった。

しかしそれらの慶應愛が、私の通信教育時代、全ての支えになった、と言っても過言ではない。夏季スクーリングが終わった後、横浜慶友会（当時）のお仲間と、庭でバーベキュー・パーティをしようと提案した時も、夫は賛成し協力してくれた。折しも由比ヶ浜では花火大会が行われていた。若い通教生たちが喜んでくれたのが、何よりも嬉しかった。

夫が亡くなったのは、キリスト教ではクリスマス・イヴの夜。コロナ禍二度目の年末であったが、翌朝、檀家である鎌倉光則寺の住職が親子で訪れ、夫の遺体の傍で枕経を唱えてくれた。日蓮宗の法華経である。光則寺の庭の一画には、宮沢賢治の詩碑が建つ。詩人宮沢賢治の活動を支えたのは、法華経と聞く。その精神は、他人に迫害され誹謗されても、他人のために手助けをするというものだ。

雨ニモマケズ
風ニモマケズ
（中略）
サウイフモノニ
ワタシハナリタイ

という詩をご存じの方も多いと思う。

家族葬で、通夜葬儀は無事に済んだ。

葬儀終了後、精進落しの会食を取った。当日、一人参加の若住職はスマホを手に、慣れた手付きで操作していた。家庭を持ち、小さな子が三人いると言い、写真を見せてくれた。私はまだ携帯を使っていたが、その待ち受けをお見せした。その夏、鎌倉寿福寺の庭で撮った、大輪の蓮の花である。薄緑の葉の中心に、淡い色の花が微笑むように咲いている。

住職は、それをしばらく眺めて、言う。

「蓮は、泥のなかから芽を出し、伸びて、奇麗な花を咲かせるのです」

「だからこそ、これだけの花が咲くのですね」

私は〝泥のなかから〟という言葉に共鳴してそう答えた。通信教育課程で学んだ日々が頭に浮かんだ。楽をして単位が取れる科目など一つもなかった。卒論に選んだロンドン生まれの作家、ヴァージニア・ウルフの作品、さらに参考文献、精神医学者神谷美恵子氏の書を読んでいるうちに、ウルフと同様こちらの精神も錯綜する経験もした。まさに泥のなかであった。学問の達成も同じではないか。

それから、若住職に問われて、夫の思い出を語った。慶應義塾が大好きだったという話も、伝えた。若住職は、私の話を親身になって聞いてくれた。ものを書くという話もして、最近出版した拙著『ラガーマンとふたつの川』（田畑書店）を謹呈させて頂いた。さらに若住職は、夫の位牌を作るに際して、戒名の話を始めた。

「出来る限り、故人のお人柄を現わすように、考えたい」と言う。

やがてその戒名は、

慶蓮院×××居士位

と決まった。慶應の〝慶〟と、蓮の花の〝蓮〟が、自然の組み合わせのように重ねられ、〝院〟の上に乗せられている。院号は、信仰心の高い人に付けられると聞く。私は喜びと感謝の声を上げた。私は現在、毎朝この位牌に手を合わせ、夫の冥福を祈っている。

随筆集

筆跡よ　永遠なれ

筆跡よ　永遠なれ

東京の子供
麴町の　女の子の足が
日曜の朝
ミサに行く道で
止まった

立ち並ぶ住宅の　一角
門柱に嵌め込まれた
大きな表札の文字
墨筆の文字
三　輪　田　元　道

太く伸びやかな　墨字が

威厳を放つ
何かが伝わる
頭が冴える
もっと勉強したい

習字教室を続けよう
この字凄い
女の子は　ただ立ちすくみ
ずっと麴町の
この道を歩きたい　と願う

この人
三輪田学園の　校長先生よ
さあ　ミサに遅れるわ
と同行の姉が言い
先に歩いて行く

間もなく　戦争が激しくなり
女の子は　両親と共に
茨城県の
利根川縁の家に
行ってしまった

昭和二十年五月
この住宅地は
空から降ってきた
焼夷弾で
すべて灰になった

私の切支丹屋敷跡

文学散策をする文京区小日向の切支丹屋敷跡は、『沈黙』最終章の地として知られている。しかし私は個人的な思いで参加したので、後ろめたい気持ちを抱えて人々の列に加わった。春日通から石の階段を降りてトンネルを潜る。住宅街に入りまた上る。その一画に切支丹屋敷跡という標識がある。遠藤周作氏のご名作を通して、殉教者たちの声が聞えてくる霊的な場所なのである。……だが私はこの地を、実父が購入して家を建てた土地（当時の町名は文京区第六天町）兄が相続した家、高校生の時半年間預けられ大学に不合格になった家、として心に刻んでいるのである。

父は愛知県出身の商人、麹町に羅紗卸の店を持ち、ミッション・スクールの制服製造にも手を広げていた。家族は皆カトリック信者だった。「曰くつきの土地だから、安く買えたそうよ」神田生れの母はそう言っていた。昭和十年代初め、父は私より十九歳年上の兄の結婚に合わせ家を新築していた。四百坪ほどの土地には、広い庭付きの二階家と三軒の家作が建った。子供の頃、建築中そして完成後の祝席に胸をときめかせた記憶がある。……時代は変わり昭和二十七年秋、私は鎌倉の家から大学受験の参考書、着替えなどを持って兄の家に移った。居候として、である。戦災で文京区を含め東京は焼け野原になり、第六天町の土地には小さな平屋が建っていた。父は疎開地で脳梗塞を発症し寝台車で鎌倉に運び、五年余の介護の疲れから母は血を吐いて倒れた。応接室の一角に居場所を与えられ、兄一家と同居することになった。

その翌朝から私の腸には異変が起こり微動もしなくなった。そもそもこの症状は戦災後鎌倉に住み、九段の白百合学園まで遠距離通学をするようになって起きた。母は漢方薬店でセンナという葉状の薬を見付けて来て、煮出して飲ませてくれた。遅刻の理由として英語教師でもある女性担任に話したこともある。担任は笑顔で英語には、「二つ言い方があります」そして「直接的な constipation より irregularity を使う方が良いでしょう」と教えてくれた。

この症状が医学的に女性ホルモンと密接な関係にある、と知ったのは後のことだ。兄の家に行く日、母はセンナを持たせてくれた。しかしこの薬は煮出さなくては効果がない。私はその許しを兄の妻、義理の姉に求めることが出来なかった。戦後の混乱期に子供を四人産み育て上げた賢夫人で、もちろんカトリック信者だが、母とはかなり違う倹約家で食費、光熱費、電話代について絶えず口にする女性であった。実利を重んじる兄は、「女が大学に行っても発展性がない」と繰り返すばかりで取り付く島もなかった。病気の母に電話することも出来ず、私は毎夜苦いセンナの葉を口に入れ、祈りながら眠った。これが私の切支丹屋敷跡の記憶である。

天国の遠藤先生、どうかこのindelicacyな話を笑って浄めて下さい。

文京区第六天町

二度目の切支丹屋敷跡散策、今回は独りで歩いた。

三月の暖かい日、場所は都内の文京区小日向町、坂の多い地域である。

前回は、周作クラブの方々と、地下鉄丸の内線、茗荷谷駅改札口で待ち合わせをし、春日通から長い石段を降りる、上からのコースを歩いた。今回は東五軒町から神田川を渡る下からのコースを選んだ。どちらの道順も記憶に刻まれていたが、下から坂を上がる方が気持ちと体に馴染んでいた。

ＪＲ鎌倉駅から東京駅、中央線でお茶の水駅乗換え、そして鈍行に乗り飯田橋駅下車し、東口のタクシー乗り場に並んだ。まもなく乗ったタクシーのドライバーに、

「目白通りを行き、東五軒町の小桜橋を渡って下さい」

と頼む。事前に購入した文京区の地図に、目指す町名も橋の名前も載っていた。半世紀前の記憶と一致したことは嬉しく、期待に胸が膨らんでいた。前回は二十人ほどで「都旧跡切支丹

屋敷跡」という標識の立つ場所に向かった。この切支丹屋敷跡は、寛永二十（一六四三）年からおよそ五十年、多くの宣教師が殉教した地として、さらに遠藤周作氏の名作「沈黙」の最終章の背景となった地として知られている。春日通から下る坂、釈迦坂からは約十分で切支丹屋敷跡、という標識、掲示板の前に辿り着く。周囲には現代風の建物が並び、マンションや駐車場もある。文学散策の目的はそれらを目の前にして、作品の時代や主題と共に人々の思いや光景を想像し、確認するところにある。しかし、私は別のことを考え、落ち着かない気持ちで歩いていた。個人的なことを考えている自分に後ろめたさも感じてもいた。行きたかった方角は素通りしてしまった。それ故、今回は独りで歩くことに決めた。

この坂、この道、いやこの土地の匂い……、私はこの土地に昭和十年代から、遠藤周作氏のお名前も知らない頃から、深い縁があったのである。

小桜橋を渡ったところでタクシーを降り、前方に向って歩き出した。ただ懐かしい。五感がこの地に馴染んでいるのである。子供の頃の喜怒哀楽の断片も浮かんでくる。神田川に架かる橋も、その先の道も、両側の建物は変わっているものの、幅も、突き当りまでの距離も、全く変わっていなかった。二十代三十代は挫折とそれに伴う悲しみが強く、物理的な記憶は隠れてしまっていた。思い出したくなくて、古びた障子紙のような色で塗り潰していた時期もある。もちろん書いてもいない。突き当りを左折すると、右手にもう坂の入り口が見えた。掲示板が見えた。近付いてみると、なんと「第六天町内会」という文字が横に並んでいた。

「あ、あの時の、あの町名が、残っている。凄い」

間違いなく、この地は旧町名の、「第六天町」であった。現在では小日向町と言われ、周作クラブの方々との散策時も、案内人が、コビナタ、と何度も繰り返していたので、記憶違いか、と不安であった。この坂の一帯は、かつて父の家、愛知県出身の商人である父が土地を買い、建てた家のあった場所なのである。私は父が五十三歳の時に生まれた八人きょうだいの末っ子である。生れた場所は、麹町区（現千代田区）麹町の家の二階と聞く。家族全員がカトリック信者の家であった。従って私は生後三ヶ月で、母の手に抱かれて受洗している。母は父より十一歳若く、東京神田の生まれである。

「いわくつきの土地だからね、安く買えたそうよ」

母はこの土地の購入についてそう言っていた。聖堂のなかや家の祭壇の前で祈っている時は、魂を籠めている表情を見せていたが、平素は東京下町生まれの気風の良さと快活さを持つ母だった。父はまもなく結婚する兄のためにこの小石川区（現文京区）の土地を買い、家を建てようとしていたのだった。

麹町教会のミサに行くと、「お孫さんですか」と聞かれるほど父と年齢の違う私は、この当時、父に手を引かれ、骨董品屋回りや、靖国神社の大祭などに連れて行かれた。ある年の大祭では、日露戦争時の戦場の絵が大きく画かれ、境内の端に見上げるほどの高さで飾られていたことがある。軍艦、大砲、戦場で闘う兵士たち、傷付いて土の上に倒れ込んでいる姿も画かれていたが、数え年六歳の私には理解しがたい風景であった。父は独身時代に愛知県に住む三男坊として召集され、遼陽の闘いに参加して右手首を負傷している。

私は、「日露戦争の、兵隊さんの軍服が黒い。今の兵隊さんの服と、色が違う」という印象を強く抱いた。昭和十年代の軍服の色は、すでに帯青茶褐色、（青がかった茶褐色）と定義され、表現させられていた。それまでは帯赤茶褐色で、俗に言うカーキ色であった。

「わたし、生まれていた？　この時」

「いや、おまえは、まだ無《ム》、だ」

移動してまた戦場の絵が変わる。

「この時は」「無だ」

「これは、どう？」「無だ」

父はそれ以上説明してくれなかった。それ以上声を出し行儀を悪くすると、「仁義礼智信を守れ」、という言葉が降ってくるような気がした。父は使用人を諭す時、よくこの言葉を使っていた。その父にさらに手を引かれて通っていたのが、この小石川区の第六天町の土地だったのである。切支丹屋敷跡とはいえ、寺や神社の多い町で、第六天町という町名は偶然のことだったとしても、無、という言葉を繰り返していた父の精神には、キリスト教が入って来る前の父の精神の底には、神道に加え、中国の思想、老子、孔子、孟子の説が植えつけられていたと思われる。さらに、平均寿命が現在よりはるかに短かった頃である。息子の家を建てることによって、当然のこととして隠居する自分の将来を思い描いていたのではないか。森鷗外の『渋江抽斉』を読むと、致仕、隠居、という語が数えきれないほど出てくる。今の私には、五十過ぎてキリスト教徒になる以前の、父の精神的環境が、いや大きく言えば明治の日本人という存在が気になるのだ。

それは庭付きの大きな家であった。庭の先には池が掘られ石の橋が架けられていたが、まだ水は溜まっていなかった。私は橋の上に立ち、兎のように跳ねた。家はほぼ完成し、庭の整備が始まっていたのか、植木職人らしい人影もあった。父が骨董品集めの他に、俳句を詠んでいたことも、「古池や…」という句も耳にしていた。年の離れた兄姉が居たので早熟でもあった。北側の土地には家作が三軒立っていて、すでにその一軒には人が住んでいた。父と一緒にその家を訪ねると、白く真新しい割烹着を着た若い夫人が出て来たのを覚えている。

「クマノミドウさん、とおっしゃる。新婚のご夫婦だ」

「クマノ？」「ミドウさんだ」

一瞬、貴重な苗字を聞いた気がした。私の家は鈴田という平凡な名字で、同じ苗字の人も世間に多かった。永遠に消えない記憶である。翌年の春、私は小学生になった。厳密に言えば、国民学校一年生になったのである。この年からこの名称に変わった。その年の十二月八日真珠湾攻撃があり、大東亜戦争（太平洋戦争）が始まった。翌年兄は結婚し、新妻と共にこの家の住人になった。そして妻の妊娠中に兄は出征し、翌年男子が生まれた。

※

十年後、この土地には小さな平屋が建っていた。麹町の家も第六天町の家も、米軍のB29機が落とす焼夷弾で焼失した。翌年二月の寒い日、中国中部より復員し、一時かつて別荘として使っていた鎌倉の家で同居していたこともある兄一家は、住宅金融公庫で金を借り、この地に家を再建したのである。そして高校生になっていた私は、その秋からこの兄の家に居候として住むようになっていた。

父は、昭和二十二年になっても、疎開先の茨城県から東京に戻ろうともせず、第六天町と同じように購入し、建て増しまでした利根川縁の家に一人残っていた。戦後の制度に従って、多額の税を納めるため、書類上の手続きをする傍ら、野菜を作る畑に通い、休みの日は村の人たちと句会を開いて、日々を送っていた。子供たちは、仕事や学校のため、神奈川の鎌倉市や千葉の市川市に住み、それぞれの道を歩み始めた。

兄の眉間のしわが険しくなったのはこの頃からである。

「俳句なんかやったら、男は駄目だ。仕事をしなくなる」

折に触れてそう言うようになった。働き手が男の自分一人になってしまった事への憤懣が溢れているようであった。母は、

「お父さんは十四歳から働いてきたから、仕様がないのよ」

と言っていた。高等小学校を出た歳と思われる。予定通り、隠居暮らしが出来たとしても、多額の納税は想定外だったのか、その年の桜の開花を待たずして、父は茨城の家で脳出血発症し寝たきりになった。食べて生きて行くことに精いっぱいだった、戦後のどさくさと言われる時期であったとしても、「俳句なんか」という言葉が、一時的な言葉として消えることなく、私の周辺に残る結果となった。

翌年の春、軽トラックの荷台に寝たままの父を乗せ、鎌倉の家に運んだ。母は父のために粥を煮、排泄の始末をするなど、病人の世話に明け暮れた。（当時介護という言葉は普及せず）その夏、私は由比ヶ浜で泳ぎ、水着を脱いだ時に初潮に気付いた。母に話すと、「良かったねえ、おめでとう」と言い、笑顔で処置をしてくれた。夜になって、同居している兄が横浜の仕事場から戻って来た。妻のA子が煮物や炒め物を並べる。兄は空腹の様子ですぐに箸を取って、

お菜を口に運んだ。しばらくして母が口を切った。

「今日の午後、K子に初めてのアレがあってねえ」

母の声は弾んでいた。

「飯食っている時に、汚ねえ話をするな」

予想外の兄の言葉に、母の表情を硬くして、黙った。

そのまま兄は食事を終えて二階の部屋に上がった。妻のA子も続いた。その頃の兄の職場は、横浜の中華街のはずれにあり、風紀の良くない地域であった。進駐してきた米軍兵の腕にぶら下がっている化粧の濃い女たちの姿を見て、敗戦国民として不快を感じることが多かったのだろう。翌日母は兄が仕事に出かけてから、「女は不浄ではない。マリア様は身も心も綺麗なお方だ」と言って涙を零した。

後年になって、私はその兄をこのように育てたのは両親なのだ、と思うようになった。兄の気質は激しくいわゆる総領の甚六型ではなかった。やがて私はこの兄は次男坊であり、実際の長男は四歳の時肺炎で死んでいる、それは私の生まれる以前、大正時代の話と知った。

その名前は店の屋号の二文字に、偉大な実業家藤山雷太氏の「太」の字を加えたものだったという。二人目は長女で、三人目が次男の彼であった。両親の思い入れが大きかった長男の身代わりとしても店の跡取りとしても、どれほど大切に育て甘やかしもしたか、想像に難くない。

大学は経済学部の予科のみで、あとは父の許で商売を学んだと聞いている。

後は女ばかりの家族であった。加えて日本の国技、大相撲の土俵上に女性が踏み入ってはいけないこと、また父の好きだった俳句の季語、その歳時記に「年男」はあるが、「年女」は掲載されていないことも知った。あの時不穏な空気の中で、隣室で寝たきりになった父の末娘として、前途の厳しさを感じたのも当然のことである。

その私が、兄の家の居候になったのは、介護に疲れた母が血を吐いて倒れたからである。私は文学少女となり、大学の文学部進学を目指す高校生になっていた。鎌倉の家に居た頃、少なくとも母はその希望を承認してくれた。しかし、兄にもその妻にも、その事は一度も話したことはなく、もちろん俳句と共に、兄夫妻が文学を嫌っていることも知り抜いていた。母が倒れた三日後、その兄から走り書きの手紙が届いた。

「これ以上病人を増やしたくない。すぐにY子とK子は小石川に来なさい」

という文面だった。Y子とはひとつ違いの五姉のことである。Y子にはすでに婚約者が居た。K子である私は、その瞬間から全身の血の流れが滞るような、精神状態になった。市川市に音楽家として自立している次姉に電話をかけて、混乱する思いを話した。兄と、男性同様に意見を言う次姉とは不仲であった。電話の向うに「勝てば官軍よ」という、意味深い言葉が聞こえた。

第六天町会、という掲示板を左に見て右に折れた。坂道は何度も登っているので、その角度は体で分かっていた。右側は焦げ茶色のマンションになっていた。坂を上り切って平地が少し続く。二三軒先の右側に兄の家、いや父の家があったはずだ。真っ直ぐの道かと記憶していたところがすこしだけカーヴしていた。その先の右側は高い塀が聳えるように立っていた、下の方は石垣で、そこからさらに上に、新建材の白い塀が取り付けられていた。人の背の高さの三倍は優に超える。立ち止まって塀の尖端を見上げる。この向こう側は、おそらく地下鉄の線路になっているのだろう。

「ここに間違いない」

と頷いた。兄や母から、新しく出来る地下鉄の車庫の用地として東京都に買い上げられる、と聞いていた。この塀の向こうの右側の土地に、父の家そして池のある庭があったのだ。そして、再建された兄の家も、私にとって試練の場であった応接間の片隅もこの地に存在したのだ。

「ああ」

私は塀のその先の青い空をしばし仰いだ。まさに、私にとっての切支丹屋敷跡はこの地だった。あの家に寝起きしていたあいだ、前にも後ろにも進むことが出来なかった。

兄は「女が大学に行っても、発展性がない」と繰り返しながらも、休みの日には、英単語のカードに目を向けてくれることもあった。しかし、文学部を志望する理由は聞こうとしなかった。平日は再建した都内の店に出勤し、私は九段の高校に向った。私は自律神経失調ぎみになり、鎌倉に住み遠距離通学を始めて以来の便秘の症状がさらに悪化した。母が持たせてくれたセンナという漢方薬を煮出して下さい、と兄の妻に頼むことも出来なかった。食費、光熱費、電話代の話を絶えず口にしていることを知っていたからだ。そして大学は不合格になった。やがて咲いた桜の花、春の光が無力な自分の目に馴染まなかったことをよく覚えている。しかし今でも謎が解けていないところがある。それは当時の兄の胸中である。

「女は汚い」「俳句なんぞ、やってはいかん」

などは、はっきり言うものの、決して言わなかった言葉がある。それは、

「金がない」「大学に行かず、働け」である。

もちろん、「協力してやりたいが、今は金銭的な余裕がない」とも言わなかった。私は桜が散り切った頃、浪人して再度挑戦すると予備校に通い始めたが、その費用が病後の母の負担になることを知って、心を痛めた。秋になって鎌倉の木々が色付いた頃、現在のセンター試験と同様の、適性検査を受けるのを止めた。その事実を誰も咎めることがなく、進学希望は消えた。兄は良い人にもなろうとしなかったが、悪い人にもなろうとしなかったのではないのか。それも商法の一手なのかもしれない。力及ばず私は官軍にはなれなかった。しかし、このままでは終わりたくない。という思いが強く残った。

しばらくすると、兄の言葉は、早く嫁に行け、に変わった。と言って縁談を探してくれるわけではなかった。その後、私は自分で相手を見付け二十四歳で結婚した。その直前、何もかも自分で考えて生きた青春のひとときを一篇の小説にまとめた。それは芥川賞候補になった。

「女なんて、結婚して子供を産めば、子供が可愛くなって、大学も文学も忘れるさ」

という兄の言葉は当らなかった。それでも貧乏所帯の遣り繰りをして分かったことが一つある。それは、本当に金がない時は、「金がない」と口に出来ない、唇も舌も喉も凍ってしまうということ。懐が温かいと、さらりと「お金がないの」と言うことも出来る、と。

私は子供を育て上げてから、通信教育課程で慶應義塾大学文学部を卒業した。兄は、その後の住いとなった世田谷区の家から電話をかけて来て、「慶應卒業、おめでとう」と言った。翌日妻のA子の名前で商品券が届いた。

文学のことはいつも忘れず、読む、書く、を続けていた。しかしすでに亡くなっている兄に関する疑問は、解けていない。分からないままにしておいた方が良いのか。分かったところで時は戻らない。それなら明治人の父の心の内はどうか。あの時、まだ水の入らない池を見ていた父の気持ちを知りたい……。追求して書きたい。遠慮はいらない。私は父の実の娘なのだから。

第六天町の高い塀の前で、青い空を仰いだ後、元来た道には戻らずに、地下鉄下のトンネルを潜り、石の階段を上がり、春日通から地下鉄丸ノ内線茗荷谷駅に向かった。車中、父が残した言葉を幾つか思い出していた。

仁義礼智信、春宵一刻値千金

商人道徳　隠居生活　納税の義務……

東京駅で地下鉄を降りて、改札口の女性駅員に尋ねた。

「丸の内北口の、丸善に行きたいのですが」

「その店舗は、オアゾという建物のなかにあります」

地下道をかなり歩いて、オアゾという建物に着いた。受付で聞くと、三階に、目当ての本のコーナーがあると言う。

やがて一冊の本を手にして建物を後にした。本のタイトルは、「論語と算盤」澁澤栄一著（国書刊行会）である。現金で払いレシートを受け取った。

気分が高揚し、空腹も感じず、横須賀線の車中でページを開いて読み続けた。ちなみに、この日時は、二〇一九年三月二十八日（木）の午後である。

十二日後の四月九日（火）に澁澤栄一氏が一万円札の顔になると発表されるとは、思いもしなかった。偶然とは言え、良い事が起こりそうな気がする。

真夏の夜のスピーキング

二〇一九年八月の暑い夜、私は鎌倉から戸塚駅を経由し、横浜市営地下鉄ブルーラインに乗り、蒔田町《まいたちょう》に向かっていた。困ったことに横須賀線の車中から腹痛を覚えていた。平素は胃腸が丈夫でアレルギーもない体質である。

蒔田町にある松島旅館には、この夏休みにアメリカ東部メリーランド州から来日したかつての英会話教師、シソン氏がディナーの卓を囲もうとその親族友人と共に待っている。現在七十代になったシソン氏と交流を続けていた日本人も何人か参加すると聞く。腹痛は、久しぶりにアメリカ人に会い、英語を話さなくてはならないというストレスから起きているのは明らかだ。

「私は今、日本語で小説やエッセイを書いています。三田文学の文学教室の講師もしています。三十年前に習った英会話はすっかり忘れました」

と言って断ればよかったのに、何故かこのディナーの招待を受けてしまった。蒔田町の駅でトイレに飛び込み、洗面所の鏡を見て少し気持ちを落ち着かせた。

久しぶりにシソン氏に会ったのは、今年の正月のことである。かつては、神奈川県の国際交流団の一員として、メリーランド州を三回訪問した。神奈川県はメリーランド州と姉妹都市なのである。共通点は、首都に隣接し、なおかつ海がある、という話。その後は電子メールやクリスマスカードで、最近は、Ｆａｃｅｂｏｏｋで、氏の写真と共に四季折々の活動情報を得ていたが、写真とショートメッセージのみの音信は、昭和の文学少女の気持ちに馴染まず、コメントは二度ほど返しただけだった。その間彼は、しばしば来日している。今年の正月、彼から直接メールが届いた。お会いしたいと言っている。その前年二〇一八年秋に『降誕祭の手紙／地上の草』（田畑書店）を上梓し、安堵したところであったので、空いている日にちをメールで知らせた。その一月半ばのある日、彼は我が家に訪ねてきた。門に入るなり、左横の庭を見て、

「おお、懐かしい。かつてこの庭でバーベキュー・パーティをしました」

と日本語で言った。その頃私はまだ体力気力があり、そんな接待の準備が出来た。買っておいた和菓子と日本茶でもてなし、たどたどしい英語で出来る限りの話をした。その後、夫を伴い三人で鎌倉駅近くの中華料理店に行き、夕食を取った。支払いは夫がして、彼は「とても美味しかった」と喜び、その後鎌倉駅西口の改札口で手を振って別れた。私も夫も八十代になったこと故、二度と会うこともないかもしれない、という気持ちもあった。

その思惑は見事に外れた。彼はまた半年後に同じようにメールを送信してきて、「私と私のファミリーが日本に来ている。紹介したい。どうかご主人と二人このディナーに参加してください」と招待してくれたのである。夫と話し合い、夫は仕事で欠席、私だけが参加することになった。ファミリーと言っているのだから、結婚したのかしら、彼は生涯独身と聞いていたが、などと推測する。ともかく独りで見知らぬ場所に行くことは気が重かった。その時私は五十年前に亡くなった母の言葉を思い出していた。

「私は、拒絶オンチ、拒絶痴《きょぜっち》なのさ」晩年、苦笑いをしながらそう言い続けていた。子供を八人産んだ明治の女性である。つまり、ノーと言えない日本人、その日本国の家庭内で歳月を過ごし、暮しの雑事、家族や親族の頼み事をことごとく背負い込み、くも膜下出血で生涯を閉じた女性なのである。その末娘の私にも母の血は流れている。特に個人主義の米国人に会うと、そのDNAが強く感じられた。

ともかく蒔田町の松島旅館に着いた。シソン氏は玄関わきのロビーで先に着いた数人の仲間と待っていた。簡単な挨拶をして和風旅館の広間に入る。建物は和風だが、テーブルと椅子の食堂になっている。床の間があり正月らしい生け花も飾られてある。驚いたのはその人数で、三十人は越えている。成人の男性女性に加え、小学生かと思われる可愛らしい少年が両親と共にいる。これは、シソン氏のファミリーではない、と直感する。日本語に訳される英語にも様々な解釈がある。ファミリーは家族、という直訳だけでなく、親族、仲間という意味もあるようだ。シソン氏は依然として元気な独身で、暮れには苗場でスキーを楽しんだという。最初に桝酒で乾杯する。刺身、茶碗蒸しなどが付く日本料理が次々に運ばれる。しかし食後に、それぞれの自己紹介が始まると思うと、良い味も舌を素通りする。

思えば三十数年前、私は子供を二人育て上げたものの、今後の進路に悩んでいた。若者でもないのに、いや、若くないからこそ、その進路には重大な意味があった。私は二十四歳のときに書いた百枚ほどの小説が芥川賞候補になってしまっている。しかし、同時に始まった結婚生活つまり、主婦業と子育ての煩雑さに書かない物書きになっている。息子が大学を出て就職し、食費を月二万円入れてくれるようになった。その金を貯金しようとは思わず、鎌倉市内の英会話教室の入学金その他に当て、自転車に乗って由比ヶ浜から材木座まで通うようになった。教師はハワイ出身の女性教師だった。それから神奈川県国際交流協会主催の横浜教室に移り、県の招聘講師のシソン教師と出会った。とにかく台所から飛び出して学びたかった。二年間の任期が終わり、シソン教師はメリーランド州に帰った。

その一年後、国際交流団の一員としてメリーランド州立大学を訪問した折、大きな図書館を見学する機会があった。その北館の一角で、ゴードン・W・プランゲ博士の、プランゲ・コレクション（註）に出会った。それは連合国軍占領下（一九四五〜四九）の日本の検閲図書の数々だった。日系三世がその場にいて、日本語で、「図書だけでも七万冊を越えます」と教えてくれた。志賀直哉、里見惇、林芙美子、壷井栄、椎名麟三、石川達三、など、多数の日本文学の図書をこの目で見た。これらの図書を焼却しなかったこの米国人はどんな人なのか。それにしても遠い国で日本文学の書籍の山を見るとは……、信じられない光景であった。ああ、アメリカ東部の片隅にやって来ても、文学はこうして私を捕まえて放さない、私は書かなくてはいけない……。

食事が進行するにつれ、その頃の記憶が鮮やかに甦って来るのを感じていた。そして、スピーチの順番がやってきた。立ち上がった瞬間、家で辞書を引いて準備してきた、常識的な挨拶の全てを忘れた。こうなったら、本当に言いたいことを喋るしかない。先ず初めに

「私は三十年前の、ミスター・シソンの生徒です。彼は素晴らしいティチャーでした」

と口を切る。そして、

「彼は、恥ずかしがり屋の日本人を励ますとき、言いました。

Anyway speak. Don't worry about grammar. Let's do.

ともかく話す。文法を気にしないで、進みましょう。これは英会話ばかりではなく、全ての道に通じる言葉でした。確かに人は動き出さなくては、何も出来ません」

彼の最初の授業の感動を話しているうちに、勢いが付いて来た。

「しかし私はとても悪い生徒でした。何故なら、私はあの時とても悩んでいたのです。心の底では、英会話のレッスンとは違うことを、全く別のことを考えていたのです」

会場は静まり返っていた。私は二十代の文学活動について簡単に話す。そして、

「英会話のレッスン中でも、
I worried about my way. Whether I continue writing or not.

と考えていた。つまり当時の私は迷える羊《ストレイ・シープ》だった。そして今は好きな文学を心から大切に思い、書いている。昨年は五冊目の本を上梓し、その評判も良かった」

と締めくくった。

外国語習得そして国際交流とも離れた自分本位のスピーチではあったが、真意を話しているので、拙い英語表現にも力が伴い、気持ちが伝わったのか皆拍手をしてくれた。シソン氏が、プランゲ博士の人柄など、私の説明不足のところを補ってくれたのも幸いであった。

全てのスピーチが終わった後、初対面の女性が、私のところに来て、「好きな作家はだれか」と言った。米国人作家のフォークナーやヘミングウェイの話をしようと思ったが、急のことで英語表現が伴わない。仕方なく、文学部英文科の卒業論文は、ヴァージニア・ウルフだったと話すと、「それではシェイクスピアの作品は読んだでしょう」と話を合わせてくれた。私は「Yes, of course」と笑顔で答えた。断ることが出来ず腹痛を抱えての参加だったが、かつての

自分を再確認出来ただけでも、この場に来た甲斐があったからだ。帰りは、三十年前の教室、そして訪問団の仲間、Uさん夫妻が車でJRの駅まで送ってくれた。

（註）プランゲ・コレクションは、国立国会図書館ホームページ、Gordon・W・Prange　Collection　で検索出来ます。

今はまだ答えが出て来ない
――長編『商人五吉池を見る』を書き上げて

言葉で表現することを、舞台の役者に例えれば、書いているデスクの周辺は、楽屋裏、ということになる。二年越しで書き上げた拙い長編『商人五吉池を見る』（田畑書店　二〇二〇年八月）は四月に脱稿し、五月六月と三回の校正を行い、あとがき、参考文献、装丁の打ち合わせが終った。新型コロナウイルス自粛の真っただ中で、郵便物とパソコンのメールの遣り取りのみで行った。私の性分として、この方法は反って集中出来て良かったと思う。完成した校正稿は今印刷所に運ばれている。ひと仕事が終った感はあるが、まだ宣伝どころか、感想を言う気にもなっていない。強い印象を残しているのは、この二年間、楽屋裏、つまりデスクの周辺がとても騒がしく、内も外もまだそれが続いている、ということである。

主婦業六十年の小説書きである。主婦は職業として認められていないが、今も昔も家のなかで働いている。肉体労働に気働き、財布の管理もある。そこから暮らしの糧と本代を得て、一日二十四時間を調整して小説を書く。それが普通であったから、これまで改めて書くことはなかった。

今年の正月からの出来事を書かせて頂く。

長篇『商人五吉池を見る』は、七割ほど出来上がっていたが、完成まで到達していなかった。嫁いだ家は先代から家で正月を迎える習慣があり、そこに巣立っていった息子一家と娘一家が訪れ、賑やかに過ごすことになっている。どちらも家から一時間余の地域に住んでいる。幸せそうな正月に思えるだろうが、その準備のほとんどは私の仕事である。暮れからの忙しさを合わせると、最低でも二週間は落ち着いて机に向かえない。もちろん読書もままならない。しかし、良い点は高齢である私と夫に、第三者の目が届くということ。特に私の言うことをあまり聞かない夫に子供、孫たちが、意見を言い、アドヴァイスをくれること。

この正月は、八十代の夫の健康問題が話題の中心になった。気になる症状が幾つか現れている。息子が「早めに検査に行った方がいいよ」と言い、最後はすでに大学生になっている上の孫娘が、「じいじ、早くお医者様に行って」と促した。

一月十一日。夫は近くのクリニックで検査を受ける。レントゲン写真で胸部大動脈に瘤があると判明。馴染みの医師はすぐに大船のS病院を紹介してくれた。

一月二十二日。予約の取れた夫と私は、その日の昼、S病院へと向かう。診察の前に幾つかの検査を受ける。そして待合室で一時間余待つ。診断の結果、医師から一日も早く手術を、と聞かされる。

二月十二日。入院。二月十三日、担当のN医師の説明を受ける。夫，私の他、息子と娘も同席する。

二月十四日。麻酔科の女性医師より、再度説明を受ける。「この病気の場合、検査で見付かったことは、ラッキーなのですよ」と優しい声で言われる。

この頃から、中国の武漢で新型のウイルスによる病気が発生したと知る。

二月十七日。午前九時より夫の手術が始まる。四時間半後の午後一時過ぎ、無事に手術が終わったと報告を受ける。待つ間、時々祈り、時々、書いている小説の筋書き、言葉の数々を辿り、時々、立ち上がって、ストレッチ体操をした。背筋を思い切り伸ばした瞬間、ああ、小説を書いている途中で、良かった、章立ても出来、未完成であっても軌道には乗っている。ともかく精神の糸が強く張っている時で良かった、と痛感する。ともかくメソメソなんぞしていられない。

二月十八日。夫は一度目を覚まし、名前を聞かれるときちんと答えられたが、その後少しけいれんを起こしたという。それで私が行ったときは、そのけいれんを止める薬を飲んで眠っていた。従って会話は出来ず、手を握り、声かけをして集中治療室を去る。

二月二十一日。夫は車椅子に座れるようになる。栄養ゼリー食を完食する。家に早く帰りたいと言っている。

二月二十二日。代わりに見舞いに行ってくれた娘より、以下の連絡が入る。

新型コロナウイルスの流行のため、今日より家族との面会謝絶と。病院からもらったチラシをパソコンに送って来る。家族と面会……、謝絶……、一瞬、意味が解せなかった。

二月二十三日。朝、S病院に電話する。「入院患者Kの妻ですが……」と前置きして、「面会謝絶と聞いた、手紙を届けたいが渡してくれるか」と訊ねると、「お預かり出来ない」と言われる。

何ということ！　これでは、なんにも出来ない、と空を仰ぐが、いや、違う、何も出来ないわけではない。

私は書きかけの長編小説を抱えている。病人は医師と看護師に任せて、『商人五吉池を見る』を完成させなくてはならない、と改めて思う。そして机に向かう。日露戦争から始まった小説は、目下昭和二十年八月になっている。茨城の疎開地で、玉音放送を聞いたこと、その周辺の人々を書く。コロナの自粛と戦時中の抑圧、どこか似ていると思いながら、キイボードを叩く。

二月二十四日。この日も一日書く。息子と娘からの連絡はあった。どちらも私の身体を心配してくれている。娘がまだ独身だった頃、私は早期の肺がんの手術をした。夫は小、中、高の同級生に肺がんの名医がいると言い、仕事が忙しいさなか連絡を取ってくれた。国立がんセンターの故成毛韶夫医師のことだ。その時夫は、「お前が病気でも、おれは生きるぞ」と言った。その言葉は、これから手術を受ける身として頼もしく聞こえたが、今病人を前にして、自分にそれだけの言葉が吐けるか自信がない。ともかく、書くことは生きること、主人のように声に出さなくとも、言葉を探す脳、書く手は良く動く。私にはそれしか出来ない。

二月二十五日。午前十時二十分、S病院の看護師から電話があり、ご主人はすでに歩行器を使って歩いています、という。そしてその電話で主人と少しだけ話すことも出来た。今日の午後から、一般病棟に移るという。良かったわね、と言うと、「いや、早く家帰りたい」と、また言う。

二月二十六日。下の孫娘より電話があった。高校三年生で、この新型コロナウイルス騒ぎのさなか、大学受験をしていた。「早稲田と慶應に受かったよ」という報告。こんな時の良い知らせは誠に嬉しい。有難う。H子!

二月二十七日。書いている小説の時代が戦後になる。小学五年生の耳に聞こえてくる歌があったのを思い出す。〝お山の杉の子〟に〝リンゴの唄〟どちらも、よく歌った。

今はまだ答えが出て来ない

まるまる坊主のはげ山は　いつでもみんなの笑いもの
これこれ　杉の子起きなさい　お日さまニコニコ声かけた　声かけた

この、いつでもみんなの笑いもの、という言葉が気に入っていた。末っ子の劣等感があったからかもしれない。

二月二十八日。病院からの連絡なく、家で書き続ける。

二月二十九日。午前十一時、S病院から電話があり、ご主人は順調に回復しています。いつでも退院出来ます。という。そして受付で、この連絡があったと言えば面会が出来ると教えられる。息子にすぐに電話する。

三月一日。息子と大船駅で待ち合わせして病院に行く。八日ぶりに主人に会う。病室が替わり四人部屋でも窓ぎわになっていた。車椅子に座った顔の艶は、かなり良くなっていた。日中はずっと窓の外の景色を観察しているらしく、「この窓から、大船観音は見えないが、ホームセンターの屋上が良く見える」などと呟いている。

すぐにも連れて帰りたかったが、相談の結果、退院は三月七日になる。息子も娘も会社勤めをしていて、テレワークにしても、家に居なくてはならない。新聞記事もテレビのニュースも、コロナの話題ばかりである。特に豪華客船、ダイヤモンド・プリンセス号のなかは、密閉空間ということもあってひどいようだ。

三月二日。午前中は市役所に行く用事その他があり、病院には行かずにいた。

午後になって、S病院の男性看護師から電話がかかった。すぐに夫と替わる。

「今日退院するよ」と言っている。どうやら勘違いして看護師を困らせているらしい。「ご主人を説得してください」と言われる。「土曜日の午前中に、みんなで行きます。それまで待っていてください」と繰り返し、電話を切る。

三月三日。親しい友人Mから、電話がある。その友人の娘さんは、主人の入院しているS病院の事務局で働いているという。「内部の人間にも知らされていないけれど、どうやらダイヤモンド・プリンセス号の患者を引き取っている、という噂よ」

思わずため息が洩れる。このS病院は、いかなる時でも救急患者を受け入れるという、評判の病院と聞いている。横浜港と大船のS病院は車で三十分ほどだ。この病棟の一角に新型コロナの患者がいてもおかしくはない。独りでタクシーを呼んで、病院に行き、主人を連れて帰ろうかと思ったが、荷物もあり入院費その他の事務的な仕事もあるので、諦める。

三月四日。気持ちを切り替えて、書き続けているつもりでも、時にはミスをすることがある。注意しなければならないのはパソコン上のミスだ。すでに長編小説は、五百枚を越えているので、毎日、毎回、書いた文章をUSBに保存して、バッグのなかに入れて、どこに行く時も持ち歩いている。しかし、今日は、動揺していたのか、そのUSBに保存する以前に、書いたばかりの一二〇〇字余りの文章が、忽然と消えた。……と、本人は思ったが、どうやらパソコンを閉じる前に、「上書きする」という項目を、マウスでクリックしなかったらしい。退院しても、普通食はまだ無理といわれている。大型電気店に行き、粥炊きの電気釜、そしてトロミ補助剤を買おうと思い、気を散らしたのが災いしたのか。

その消えた一二〇〇字は、いつにない良いヒントが浮かび、一語一語丁寧に書いた箇所であった。ショックを受けながらも、何とか記憶に縋りつき、思い出し、消えた一二〇〇字、四百字詰め原稿用紙にして三枚分を再度書きこみ、胸を撫で下ろした。今度は上書き保存を意識的にクリックし、その後USBに保存した。

パソコンは便利さと共に、怖さの潜むマシンである。傍らのノートに書きこんだ言葉は、……桑原、桑原。

三月五日。藤沢のビックカメラ店に行き、手ごろな粥釜を見付けて買う。

三月六日。今日は洗濯日和。シーツなど大物を洗って干す。明日は夫の退院と思うと、やはり嬉しい。

三月七日。車を運転する息子が来るまで、三十分ほどパソコンに向かう。その右手には今回の長編でモデルにしている実父の写真がある。初めと終りに二度手を合わせる。今日一日が無事に終わりますように……、と祈る。

娘とは病院で待ち合わせることになっている。時間通りに到着した息子と病院に向かう。合流した三人で病室に入る。夫は待ちかねていて、すぐに着替えをする。看護師に薬の説明、栄養士に食べて良いもの悪いものなどの説明があった。

それから世話になった病室の関係者に礼を言い、エレヴェーターで一階のロビーに降りた。受付に行き会計を済ました。再び車に乗って家に向かった。無事に家に着いた。夕食に粥を炊き、魚の煮つけを拵えたが、夫の食欲はかなり衰えている。しかし、床に就く時、

「ああ、ここが一番よく眠れる。皆どうも有難う」

と言った。


以来四ヶ月、新型コロナウイルスの流行は収束の気配どころか、第二波の到来という声も聞こえている。長編『商人五吉池を見る』は、四月の末に何とか書き上げ、六一八枚の原稿を田畑書店に郵送した。二日がかりで読んで下さった編集者の大槻慎二氏から、「ぜひ出版させてください」という返事があった。

感謝の気持ちが溢れた。楽屋がどれほど混乱していても、書いた作品はその作品のみで評価され、読者の目にさらされる。その意識が人びとの支えによって、何とか消えずに残っていた

のだろう。

新作書下ろし長編『商人五吉池を見る』（田畑書店）をぜひ読んで頂きたい。新型コロナウイルスによる不自由さ、個人的な我慢、に共通する〝戦中戦後の日々、疎開地の無医村〟という当時の医療問題も、書かれている。こちらもあの時代から必死で生きてきた。心を鬼にしたわけでも佛にしたわけでもない。一人の人間として生きて書いてきた、それだけである。

新型コロナウイルスについても、この問題だけの感想を述べることが出来ない。二年越しの長編小説書きに、夫の胸部大動脈瘤の手術が重なり、そこに偶然コロナ事件が加わったに過ぎない。主婦として調理に例えれば、この三件を家庭用電動ミキサーで砕き、水とレモンのしぼり汁を加えた、ミックスジュースを運命の神に飲まされたという感がある。

「どんな味がしましたか？」と問われても、今はまだ答えが出て来ない。

七月八日。三田文学夏季号が届く。

六月二十七日の朝日紙に、故遠藤周作氏の未発表の作品『影に対して』が見付かり、三田文学夏季号に掲載される、とあったのですぐに読む。大連を背景とした家族の問題を書いた感動的な作品（一〇四枚）である。未発表ということは、生前ご本人が発表することを躊躇していたということなのか、そう思いながらページを繰る。〝父が捨てた〟と書いてある母親への思いが全編に溢れている。濃密で堅固な文体で、一語一語が胸に響く。結婚して母親になってもヴァイオリンを弾き続ける母節子。幼い子供が甘えようとしても、なおも同じ旋律を引き続ける。それでも息子は母を慕い、父を憎む。

母親と息子の物語……。作中遠藤氏は、母に対する美化と甘さに触れているが、それらの思慕が作品の原動力になっている。こちらは、父親をモデルにした長編を娘の視点から書いたばかりである。拙作にも、甘さが漂っているに違いない。甘い、という日本語には、厳しさが足りない、という意味が含まれる。しかしこの場合はその身体から生まれ、今ここに存在する、という自覚につながる言葉にも思える。この問題を、もっと探ってみたい。やりたいことがあるのに〝人は何故結婚するのか〟時代のせいだけには出来ない。母節子と共に私自身の問題でもある。それについて遠藤氏の具体的な言及はこの作品にない。〝男性作家の書く母親、女性作家の書く父親〟というテーマで、その実態を考察してみたい、と考える。

連絡をくれた孫娘は慶應義塾大学文学部社会学科に入ったが、入学式は九月に延期され、目下オンライン授業を受けている。小説を書く気配はなく、ラクロスという球技のチームに入部した。身長百七十センチメートルのスポーツ愛好家である。

そして夫は今日独り歩いて近くの床屋に行き、すぐに戻ってきて、「今日は休みだった、明日また行くよ」と言って、笑顔を見せた。

八月の江ノ電風景から

八月も三連休があるらしい。今日はその初日になる。家にいると分からないが、外に出ると観光客の多さで休日と分かる。家は鎌倉駅から一つ目の江ノ電和田塚駅に近く、駅まで歩けば十五分の距離である。駅近くのスーパーには、往きは空身なので歩き、帰りは荷物があるので江ノ電に乗るのが習慣になっている。その往復で携帯の万歩計では、三千歩と少しになるから、健康のためには良い、と思っている。

さて、その江ノ電風景について書いてみたい。

鎌倉から遠い地域に住んでいる人には、江ノ島電鉄、通称江ノ電はレトロであり、夢とロマンのある乗り物、と思われているようだが、半世紀余、この江ノ電沿線に住み、主婦業と物書きを続けてきた者にとっては、至って現実的な交通機関なのである。

本業は散文、小説書きだが、趣味で俳句を作っている。慶應義塾大学の通信教育課程で一緒に学んだ友人が、俳句の先生だったので、現在「絵硝子湘南句会」の同人になっている。そんなことで江ノ電を素材にした私の句がいくつかある。

江ノ電に　穴開きジーパン　夏の肌
秋麗《あきうらら》　江ノ電乗るひと　写すひと

どちらの句も、句会で点の入った句である。

一句目の、穴開きジーパン、にしても、履いていて似合っている人、清潔感を感じさせる人は少なく、目を背けたい人はかなりいる。いたずらに流行を追わないで、と思うこともしばしばある。この句はたまたま良い人に出会い右の句になった。

二句目の、江ノ電にカメラを向ける人も、問題になっている。危険を顧みず、線路近くまで身体を乗り出して、シャッターを切ろうとするからである。和田塚駅線路沿いに、甘味処、と旗を出している店があり、評判が良いらしく観光客に人気がある。その店で美味しい餡蜜、わらび餅などを食べて、それから江ノ電をカメラに収めて……、というのが、観光コースのひとつになっているらしい。

二年越しのコロナ旋風、度々の緊急事態宣言、この八月の猛暑、オリンピックムード、その他それぞれの家庭の事情を抱えて、ストレス解消を望んでいることは良く分かるが、事故があってからでは間に合わないことを忘れないで欲しい。食べ歩き、飲み歩きにも問題がある。江ノ電鎌倉駅ホーム近くには、土産店もあり、その一角に鎌倉コロッケを売っている店もある。一個売りもしていて、手に持ちやすい小袋付きで、歩いていても食べられる。小腹が空いている人にはもってこいの品である。

しかし、現在（二〇二一年）の社会情勢では、だれもがマスクをして電車に乗らなくてはならない。そのマスクを外して食べる。未成年ならまだしも、いい大人が車中でマスクを外して、口をもぐもぐすることもある。ご存じと思うが、江ノ電の車幅はJR列車に比べると、とても狭く、従って前の座席が近いので、ディスタンスが保てない。流行りのタピオカという飲み物に関しても同じことが言える。紙または合成品のコップに加え、スマホを手にして歩いている。うっかりと中味をこぼして人の服を汚したりしたら……、と思うことはしばしばある。注意したいが、やはり楽しいのだろうな、観光地を訪れて、嬉しくて気持ちが舞い上がっているのだろうな、と思い口を噤んでいる。私の若いときも、あんなふうに自分中心だったに違いない、と思いながら……。

私の母は、明治生まれで、娘時代の私を見て、「おまえはアプレだねえ」と言い、嘆いていた。当時、戦後派の娘を「アプレゲール」と呼ぶ風潮があった。私は末っ子で、母とは四十二歳年が離れていた。立ち居振る舞いにしても、気に入らないところは多くあったと思われる。しかし母は、嘆く言葉を発しながらも、その私に行儀作法を厳しく教えなかった。何故なら二人の姉が結核を病んでいたので、いつのまにか、健康第一、という考えを持つようになったらしい。ストレプトマイシンがまだ高額で手に入らず、一人の姉は亡くなり、他の一人は治ったものの、婚期を逸している。確かに戦後の混乱期は、買い出しに行き背中に米を背負うなど、体力がなければ生きて行かれない状況であった。お陰で、空襲により東京の家を焼失してからの、片道二時間の遠距離通学にも負けない体力を付けた。体力だけではない。私はこの横須賀線の車中で読書することを覚えた。戦後焼けビルとなった校舎のなかで授業を受けていた。弁当持参であったが、まだ梅干し弁当や茹でたじゃがいもを持って行く時代だった。食料に飢えていたと言っても、不満はそれだけではなかった。ある日の朝礼で、来月より校舎の一画に図書室が開室する、と知らされる。図書館というほどの大きさではなく、廊下の突き当りの広い部屋を改造した図書室である。その日、朝早くから生徒はその図書室に殺到した。戦後の人びとは、読書その他の文化芸術、つまり知的な楽しみにも飢えていたのである。開室の日、横須賀線が遅れたので、私は遅刻し、図書室への入室も遅れた。駆け足で行ったものの、書棚にあった芥川龍之介、夏目漱石、森鷗外、志賀直哉、武者小路実篤など文学全集は、すでに貸し出されてしまっていて、がっかりした覚えがある。三日ほど待って、やっと芥川龍之介の本が借りられ『河童』『或阿呆の一生』『藪の中』『侏儒の言葉』などを読むことが出来た。その頃好きになった芥川の短編は『蜜柑』である。読み終えた時、横須賀線の電車が、戸塚のトンネルを出たのを覚えている。その後借りた本はほとんど車中で読んでいる。

家に帰ってからの娯楽はラジオのみであった。空腹でもおやつがあるわけでもない。下校時、中央線から横須賀線に乗り換える東京駅に、現在のようにエスカレーターはなく、階段に続く階段という状況で、本数も少ないので、時間の関係で構内のほとんどを走っている。昔のように、東京に家があったら……、空襲がなかったなら……、などと考えている暇もなかった。

鎌倉駅から歩いて帰る途中、家の近くの酒屋から聞こえてくるラジオ、相撲中継アナウンサー志村正順、解説者の和田信賢氏の声に励まされる。私は子供の頃、父と一緒に国技館に行っていた関係で相撲が大好きであった。応援している贔屓力士は、前頭の栃錦関だった。どうしてそうなったかというと、昭和二十六（一九五一）年春場所、初日から七連敗して、その後奮起して八連勝し、千秋楽に見事勝ち越しをした、その根性に感動したからである。注目の一番は二瀬山。左四つから二度水入りとなり、二番取り直し後、二瀬山を上手出し投げで仕とめてやっと給金直しをしたのであった。

戦後の暗い日々のなか、この千秋楽の頑張りは希望の光に感じられた。ところで、この話は、通っていたミッション系の女子中高で共感する人がなく、寂しく思っていた。そのまま歳月が流れたが、心の片隅から消えることはなかった。平成元（一九八九）年に入学した通信教育の授業で、ドイツ文学の宮下敬三教授が、「この栃錦の一番は素晴らしかった、今でも記憶に残っている」と語ってくれた時は、涙が出るほど嬉しかった。教授は私とほぼ同世代に生きた人であった。授業が終わってから、教授のところに行き、「私もこの一番が忘れられません」と話し、意気投合した。もちろんそればかりではなく、『ドイツ文学』『ドイツ演劇』の講義も素晴らしかった。この教授に出会えただけでも、私は通信教育課程に入学した甲斐があった、と思ったほどだ。

現在行われている東京オリンピックも、開催については賛否両論あったが、希望の光を与えることは出来たと思う。栃錦関は五尺八寸、二十四貫の軽量なのでまさか後に横綱になるとは思わなかったが、幸い横綱になってくれて、先代若乃花と共に栃若時代を築いている。ラジオを聴いて応援するならば、母の懐は痛まない。戦後の落ちぶれ、と言われている家の末娘は、知らない間に金のかからない楽しみを覚えるようになっていた。その栃錦が大きな花火を挙げた。七連敗そして八連勝、はその後の私の人生哲学にもなっている。

当時の母は、戦後脳出血で倒れた父の介護をしていたのだが、そのストレス解消法は何だったのだろう、と考えてみる。熱心なカトリック教徒で始終コンタツ（ロザリオ）を繰って祈っていたが、病人だらけの家で、それだけでは解消されないほどのストレスを抱えていたのである。幸い、家から歩いて三分ほどのところに二番館と言われる松竹系の映画館があった。母は父が眠りに就いてから、下駄履きでその映画館に行った。ラジオでヒットした「君の名は」の映画化、そして小津安二郎、黒澤明監督の映画は、その映画館で観ているはずである。そして家にいるときは、茶の間でトランプや麻雀をすることがあり、家族の輪が広がった。現在（二〇二一年）の若者がスマホでゲームをしていることと同じかもしれないが、家族と向き合うところが違う。勝負事の勝ち負けでそれぞれの性格が分かるところがあり、指摘されることがあった。私は母に、「おまえは負けると機嫌が悪くなる」と言われていた。持ち前の負けず嫌いが発覚したのである。母は、勝っても負けても笑っていた。本来母は歌舞伎見物が最大の楽しみであったが、経済的な問題もあり、街の映画館でお茶を濁すようになっていたと思われる。母は父を看取ってから数年生きていたがやがて亡くなった。恩人である宮下教授も、その後亡くなっている。

ともかく日常の行動に制限が生じ、二年が経とうとしている。しかし、感染者は減るどころか、さらに増えている。外出自粛など、自由と娯楽に恵まれていた今の若い人たちには経験したことのないストレスだろうが、戦後に生きた人々にとっては、もっと辛い時期があったということをこの際書いておきたい。

参考文献　『春日野清隆と昭和大相撲』川端要壽著（河出書房新社）一九九〇年

自作を語る『ラガーマンとふたつの川』

私は何よりも自分の感性を重んじる。人物を書く場合、生者、死者、架空の人物いずれにしても、運命の出会いとその瞬間の印象、ひらめきとも言える感覚を言葉に変えていく。焦点はおもに、その人物の〝真実の有り様〟である。時代考証、調査などは小説の組み立てに必要な範囲で行うが、何よりも五感、霊感を大切にする。戦後の混乱期に目覚めた文学への思い、寝たきりの父の介護、第八子として生まれ、年の離れた兄姉に世話になると同時に支配され、さらに結婚して諸事情から書く作業を休止しても、再開するようになったのは、この感覚が消えなかったからである。

その認識から、長編小説を書くに際し、どのような霊感が働いたのか、さらに、それからどのような道を歩んだか……、考える。

平成二十七（二〇一五）年「季刊文科」67号に発表した小説『かきつばた』（七〇枚）は、後に書いた長編『商人《あきんど》五吉池を見る』（田畑書店）の種ともいえる作品であった。〝戦争は儲からん〟という五吉の呟きは、この作品の冒頭で使っている。

では、『ラガーマンとふたつの川』（田畑書店）の芽は、どこに……、何処の土から発芽してきたのか、種と思われる作品は発表していない。……いや、違う。未発表だが、心当たりがひとつある。原稿は残っていないが、その発想の地を記憶している。

それは二〇〇八年七月、観光で訪れた外地、大連市内、旧山縣通り、旧山縣ビル前の広場（現中山路）である。かつて、そのビルの最上階、広場から眺めて左から二番目の部屋に、K商店の大連支店があった、と聞く。連れの夫Yは、ビルを指差しながら、改めて婚家の歴史を教えてくれた。夫の父Tは、戦前、戦中、藁工品、麻袋製造販売業K商店の社長をしていて、一九四三年この大連支店から、さらに哈爾浜《ハルビン》に出張中に、病で倒れたという。

二十代の私は、他人の話に耳を傾けなかった。鎌倉の婚家で同居する義母に、日々亡夫Tの思い出話を聞かされ、当時は食傷気味だった。しかし年齢を重ねたからか、この大連の地に来て大陸の風を感じ、独特の土の匂いを嗅ぎ、異国の言葉や雑音を耳にしている間に、自分自身の感覚が動き出していた。日本からこのような異国（当時は日本の租借地）に来て、商いをしなければならなかった義父の宿命と孤独感が間近に感じられ、生前の存在が確かな事実として目に浮かんで来たからである。私は夫と共に、ツアー仲間に、ビルを背にした写真を何枚か撮ってもらい、それからその辺りを一人ぶらぶらと歩いた。時々立ち止まり、ビルの最上階の窓を眺めた。ある言葉が口から出た。

〝お義父さん、初めまして……、Yの嫁のK子です〟

亡き義父に〝出会えた〟という思いが強く湧いていた。実家の父は寝たきりのまま七年生きていたが、十代から母の介護を手伝った記憶がほとんどで、父性愛に満たされたことはなかった。それ故遠くから見守られているような、不思議な感動が生まれていた。帰りの機内でも、空の色がいつもより美しく感じられた。帰国してから、その思いを『初めまして』というタイトルで書き始めた。

しかし、母子家庭の長男との結婚で、義母義弟と同居する戸惑いは大きかった。度量もないのに、このような環境に飛び込んでしまった、という滑稽な自分が、客観的に書けず……、何よりの問題は、義父が学生ラガーマンであった話を書くことが出来なかった。何故書かなかったのだろう。

今回は夫の希望で、大連旅行に参加した。ラガーマンの汗の匂いが感じられた。

……ここまで書いて、私は小さな声を上げた。およそ四十年前のバブル期、婚家に起きた事件が頭に浮かんだからである。この事件の衝撃が私の脳の染みとなり、〝ラグビー〟という語を避けるようになったのではないか。『初めまして』を書くきっかけが、どんなに良い旅の結果だったとしても、義父をラグビーと切り離しては、人物像が不完全になってしまう。

この事件は、かつて『訪問者』（注1）という小説になり、「三田文学」誌、一九九三年十一月号に掲載された。その概略を書く。

時代は一九八〇年代後半。ある春の夜、十数年前に家を出た義弟が再婚した女性と共に、債権者の〝お供〟を二人連れて家に現れる。兄である主人はまだ帰宅せず、その妻と娘が在宅、大学生の息子は友人と旅行に出ていた。訪問者四人はそのまま上がり込み、主人の帰りを待つ。やがて主人は酒を飲み酩酊状態で帰宅する。待ち構えていた債権者は〝お兄さん、弟さんの借金の、肩代わりの署名をして下さい〟と迫る。一見穏やかではあったが、〝このままでは帰れません。警察沙汰になっても良いのですか〟などと言い続け、長時間粘られる。隣室に居る娘はまだ中学三年生であった。夜が白々と明け、意識も朦朧としてきた頃、根負けした兄は遂に署名をしてしまう。

……という話である。

小説はそこで終わっているが、事実は延々と続いていた。前後のことを少し書く。

義弟は、父親の跡を継いで、大学時代ラグビー部（注2）に入部していた。練習に明け暮れていた大学時代、義弟は何かにつけて〝気合〟という言葉を口にした。「スポーツマンは気合が大切だ」「お兄さんたちは、気合が入っていないよ」などと言う。兄は大学の演劇部出身、妻の私は小説を書く。どちらも精神力の必要な世界であったが、特に反論はしなかった。夫はかつて父が社長をしていた会社に入ったものの、同じ大学の相撲部出身の現社長に気に入られず、安月給の平社員生活を続けていた。身体の弱い義母には会社から僅かな手当てがあるのみ。義弟は「一日も早く、こんな貧乏生活から抜け出したい、お兄さんたち、もう少し気合を持って稼いでよ」と繰り返すのだった。

義弟は卒業後観光会社に就職した。その後義母が亡くなる。一周忌を待たず、以前から交際のあった娘と結婚する。その娘は出自が良く両親も揃っていた。結婚後、義弟は高級車に乗るなどかなり背伸びをした暮しを営むようになる。やがて会社を辞めて独立し、事業を始める。しかし思うようにならず破綻し、妻とは離婚に至る。以来連絡も途絶えがちであった。

訪問者が明け方帰った日の夜、夫と共に、弁護士事務所に駆け込んだ。

その日の昼間、私は四人が来てから帰るまでを、その記憶する限りの遣り取りを、大学ノート数ページにメモしていた。話と同時にそれも弁護士に読んでもらった。弁護士は「これは良いメモだ」と言いながらページを繰っていた。裁判によって、夫の署名が無効と判定されるまで一年余の日々が費やされた。

安心したのも束の間、義弟の行動はさらにエスカレートして、二年後遂に警察沙汰になった。住まいのあるK市旧市内には、古くからの知人友人が多く、迷惑をかけた人もいて、噂はたちまち広がった。当時はまだ〝罪九族に及ぶ〟という言葉を使い、兄である夫はともかく、妻の私にまで冷ややかな眼を向け、きつい言葉を放つ人もいた。子供たちにもその影響は大きかった。あの夜、居合わせた娘は、「私は、お坊ちゃん育ちの人とは、絶対に、結婚しない」と言い、成人したのちそれを実行している。……ともかく、家の中でラグビーという語は禁句になった。そしてこの事件は、私の執筆再開のきっかけにもなった。

『訪問者』は最初、当時の「三田文学」編集長O氏のところに持ち込んだ。その後、拙作を読んだO氏は対面で私にこう言った。

「こんなことは、ありえない話だ。いくらお兄さんでも、一千万ものお金を肩代わりするなんて、考えられない」

四百字詰め原稿用紙百枚の原稿は返された。私は黙ってその原稿を受け取った。〝本当にあった話です〟と反論する気にもならず、本当にあった話ですら、人に伝えられない自分の表現力の貧しさが悲しく思えた。一方では〝ありえない話〟と断言したO氏に物足りなさを感じていた。後になって、疲労や根負けで署名した、と思われる兄の心の底には、一族の歴史とその名誉を守りたい、という強い家族愛があったと分かる。

その後、編集長が坂上弘氏に代わり、諦めきれなかった私は、少し手を入れて、八〇枚ほどにした『訪問者』をまた持ち込んだ。坂上氏とは一九五九年、故山川方夫氏の最初の作品集『その一年』（文藝春秋新社）の出版記念会場（銀座風月堂）で面識を得ている。坂上編集長は、それを読んだ後、「語りや描写に、雑なところがありますね。傍線を入れてある箇所を直して、また見せて下さい」と言い、少し希望を持たせてくれた。その夜から夢中で、しかし丁寧に書き直し、再度編集部に持ち込み、「掲載いたします」という返事をもらった。

それでもまだ怯えたような顔をしている私に、

「庵原さんは、苦労したんですね」

と、声をかけてくれた坂上編集長の優しいお顔が忘れられない。ちなみに作家としての坂上氏は、名作『ある秋の出来事』（一九五九年、第四回中央公論新人賞受賞作品）に、旧約聖書カインとアベルの物語を下地にした、兄弟の確執を書いている。

この時から約三十年の月日が経ち、世紀は変わる。二〇一五年、ラグビー・ワールドカップの日本選手の活躍から、いつにないラグビー・ブームが起きている。〝あの人、生きていたら、喜んだでしょうに……〟と思うが、その義弟はもうこの世に居ない。時間と共に、生き方の下手だった義弟への〝赦し〟の気持ちも湧いている。

そして私はやっと、『初めまして』の発想に、辛い体験から得た他者への幅広い眼を加え、二〇二一年秋、長編『ラガーマンとふたつの川』を書き上げた。年齢は八十代半ばを超えていた。若い時と違って、全ての力が衰えていることは自覚しなくてはならないが、年を重ねたからこそ感じられる人の心、見えてくる風景もある。

〝ラガーマン〟〝ラグビー〟〝スクラム〟〝タックル〟〝トライ〟〝キック〟どの言葉を書く時も楽しく、自由にペンが動いたことを付け加えておく。

注1　『訪問者』は、後に第一創作集『姉妹』（小沢書店　一九九七年）収録

注2　小説『訪問者』では〝馬術部〟と書く。

丹頂鶴よ、赤鬼よ

令和四年八月、六十三年連れ添った、夫の新盆のあいだに、この稿を書いております。仏壇に線香を上げたあと、前に置かれた鬼灯《ほおずき》の紅色が、目に残っているひとときです。

……と書いたように、小説書きの私の人生は、主婦業、出産、育児などの仕事をこなす、古い女性の生き方で終わろうとしています。内面には色々な振動があったとしても、大きな行動を起こすこともなく、人との和を保って過ごしてきました。その意味で言えば、古臭く〝つまらない女〟です。

しかし、振り返ってみると、無意識のなかにも、二十一世紀になって〝ジェンダー〟という語で議論される、女性特有の問題に衝撃を受け、ペンを走らせていたことがあります。

〝古いばかりの女〟ではなかった部分を掘り起こしてみましょう。

殆ど小説を書かなかった時期、私は二度新聞に投稿し、二度とも採用され、活字になりました。朝日新聞の〝ひととき〟という欄だったと記憶します。（半世紀以上前のことゆえ、記憶違いがあるかもしれません。）一度目は匿名希望で、二度目は本名の、K・K子を使って書きました。

最初は二十代（昭和三十年代後半）、鎌倉の嫁ぎ先で息子を産んだばかりの頃、一歳数ヶ月の息子が、ツベルクリン検査で早くも陽転したことに衝撃を受け、その思いを一文にしたため、新聞社に郵送いたしました。同居している義母（夫の母）は未亡人で、結核の外科手術を終えて、病院から戻ってきたところで、もちろん初孫である息子を可愛がり、抱いてもいました。

匿名であったにも拘らず、義母にはすぐにバレました。私が掲載に気付く前にそのコラムを読み、〝分かりましたよ〟と言わんばかりに、その新聞を私に突き付けたのです。謝っても、書いて公表されたことは消去するすべもなく、気まずい空気が流れたことを覚えています。〝書く、という行為の結果には、人を傷つけることが多く潜んでいる。〟と改めて気付かされました。

先祖は、近江商人、そして士族という義母は、明治の終わりに格のある家に生まれた人です。細身の美人で、髪を結い上げていたので、その首筋の線が目にも鮮やかでした。娘時代島田を結い、和服姿の写真が、一流女性誌のグラビアを飾ったことがある、と聞いております。それ故、迫ってくる姿が、美しい丹頂鶴のように見え、一羽の小雀に過ぎない私は、思わず後ずさりをしました。

……肝心なことは、未来に向かって生きる息子の健康問題でした。大人同士に何があっても、幼子は育てなければなりません。少なくとも成人するまでは、愛を持って健康に心と体に気を配らなくてはならなかったのです。

陽転した一歳の息子を育て上げる。今思えば、あの投稿は、私の決意表明でもありました。

二度目の投稿は、昭和の終わり頃です。

日中、家でテレビを観ていました。中継されていたのは、第七回東京国際女子マラソンでした。各選手が争い、もう少しでゴールという時間でしたので、目が画面に吸い寄せられていた時です。もちろんカラー・テレビになっていました。首位争いをしていた選手の一人の、白い競技パンツが赤く染まり始めたのです。どう見てもそれは、女性の経血、生理現象でした。最初は滲んでいた程度の鮮血でしたが、次第にそれは増えていきます。すぐにその色は前からも後ろからも確認出来るほど広がりました。

しかし、その選手は走り続けました。つまり棄権をする気配もなく、走っているのです。同性である私は、観ているだけでパニック状態になりました。……私だったら、どうするだろうか、棄権をするかもしれない、いや、分からない。……日本人女性には羞恥心というものが、かなりあります。恥ずかしい、恥ずかしい、という言葉が胸に溢れ、落ち着かない気持ちになりました。マラソンなどしたことのない私に、結論は出ませんでした。中継アナウンサーは男性で、このような光景は初めての経験なのか、いつになく沈黙をしていました。良いコメントが浮かばなかったのも当然です。

その選手は走り続け、二着でゴールインしました。何処の国の選手か、考えることもしなかった私は、そこでこの選手が東ドイツの選手と知りました。まだベルリンの壁が存在していたのです。後のニュースによると、選手の名は、ビルギット・ワインホルト（二十一歳）、ゴールした後、恋人だったコーチの胸に泣き崩れた、と知りました。

その夜、自然に筆が動きました。この事実を書き残したいという気持ちがそうさせたのです。棄権すべきだ、というような反論は書きませんでした。複雑な思いはあったものの、〝感動した〟という思いを、その光景を初めて見た実感を、熱い気持ちそのままに書きました。その結果、その一文はすぐに新聞に掲載されました。夫は何も言いませんでしたが、掲載日の夜、親代わりだった兄（世田谷区在住）から電話がありました。

「新聞読んだよ、感心しないね、汚ねえ話だ。変なことをするなあ、お前は」

一方的にそう言って、電話は切られました。

大正初期生まれの兄は、男尊女卑の権力者であると同時に、女性の生理現象を〝汚い〟と言い続けている人、でした。私はまた怯えました。

私は第八子の末っ子で、兄とは十九歳年が離れています。いつも見せる眉間の皺が目に浮かびました。一メートル八十センチの長身で、口八丁手八丁、足も速くも行動力もある兄は、かつて復員兵であり、戦災で焼失した羅紗問屋を、父亡き後再興した実務家でした。鬼に金棒、という慣用句から、兄と言えば、金棒を持った赤鬼を連想いたします。気に入らない言動をする人を許さず、すぐに攻撃するからです。

〝女性が不浄である〟という考えは、古くからありました。私は父の影響で、子供の頃から大相撲が大好きなのですが、あの熱戦が行われる直径四メートル五十五センチの土俵には、原則として女性が上がってはいけないことになっています。それはやはり、その身体が〝不浄〟という決めつけからです。いつぞやテレビ観戦中に一人の力士が土俵の外に投げ出され、脳震盪を起こしたのか、そのまま起き上がりませんでした。その時、一人の看護師（と思われる）女性が、反対側から土俵を越えて走りました。倒れた力士の胸に手を当てて処置をしていました。お陰で力士は意識を取り戻しました。何にしても人命第一です。大相撲は、歴史ある国技ですが、柔軟に対応してもらいたいと願っております。

義母、兄はすでにこの世におりません。

それでも、丹頂鶴と赤鬼の姿は、私の眼の奥から消えていきません。その声も時折聞こえます。かつて義母は〝女が頭を使うと、不幸になる〟と言いました。創作をする場合、私は頭を少しだけ使いますが、作品は感受したものを言葉に変える、努力の産物と思っています。兄は、私が原稿用紙に向かっている傍まで来て、〃今に臍《ほぞ》を嚙《か》むぞ（後悔する）〃〃亭主に下駄を預けろ（従え）〃と脅していました。私は書いたばかりの原稿を破かれまいと、必死で抑えていました。

世話になった人といっても、同じように生きるわけにも、言いなりになるわけにもいかない。〃世代が違う〃という葛藤のなかで、精いっぱいのことをする。それがあの二回の新聞投稿でした。

切り抜いて、どこかに保存したはずの記事も見当たらず、新聞社に大きな伝《つて》もなく、〃一歳児の陽転〃〃マラソン女子選手の経血〃というテーマで書いた、その投稿を現時点で確認することは出来ません。しかし、当時の思いは強く残っています。

地元鎌倉の夕焼けは、いつも空を美しく染めます。その色が消えないうちに、声をかけます。

美しい丹頂鶴よ。金棒持った赤鬼よ。

私はまだ書いています。これが正真正銘の、私です。

……答えはもちろん、ありません。

同人誌今昔

元号が令和に代わる前後、縁あって「時空」誌（発行人鈴木一正氏）の誌友になった。同人菊田均氏のお力もあるが、集まる場所が戦災で失った故郷麹町に近いという魅力もあった。そこで出会った問題について考えてみたい。それは、編集者の権力と、執筆者の自己主張について、である。ごく最近、健康上の理由に加え、編集と合評会が自分の方針と合わないと言って、休会を申し出でた女性メンバーがあった。会はそれを了承した。六十余年前に、同人誌に加わっていた者として、これを時代の流れとして捉えてみようと思う。

私は、昭和三十年代初め、「半世界」という同人誌に加わっていた。執筆のメンバーは、佐藤愛子、田畑麦彦夫妻（当時）、北杜夫、なだいなだ、川上宗薫、日沼倫太郎、窪田般弥、原子朗、新井深（装丁担当）という方々だった。紹介者は、当時中央公論社の社員粕谷一希氏。第一回新人賞の佳作になった私を育てようとしてくれていた。会合は、東中野の「モナミ」という場所。それ以外は世田谷区太子堂の、佐藤愛子さんの家で集まった。

この「半世界」という同人誌の集まりに権力が存在したか、執筆者に強い自己主張があったか、と考えてみた。答えはイエスでもノーでもない。当時の私の環境が、親代わりの長兄による家長権力の締め付けのなかにあったので、第八子の末っ子で、生まれた順番で軽く見られるのとは違って、作品は実力の問題と考え、書くことが救いとなっていたのだ。

最初の合評会のことはよく覚えている。当時は、戦後の住家となった鎌倉市から出かけた。前記の方々の他数名、十五人程が、「モナミ」の少し気取ったテーブル席に集まっていた。私は二十代だったが、瞳の奥に戦争の翳りを湛えた三十代の男性が殆どだった。

間もなくそのテーブルの上に飛び交った議論は、ある評論家の作品について、であった。男性陣の声は熱気に満ち、興奮し、怒ったり喚いたりしているように聞こえた。

…虚体　…狂気　…病院　…屋根裏部屋の思考　…淫売婦　などという言葉が耳に入る。

ある人の意見をもう一人が別の意見で打ち消し、さらにまた、とその論争は延々と続いた。

問題の作者の名前は初めて聞いた。〝埴谷雄高〟という名前だった。作品のタイトルは『死霊』。戦後まもなく発表されている。「半世界」誌はこの作品の特集を組んだばかりだった。

佐藤愛子氏は、この男性のなかに割って入って発言することはなかったと記憶する。一面では容認しながらも、勝手にしろと突き放しているようにも感じられた。その印象は緊張している私の心を和らげた。「ご退屈でしょうか」と誰かが問いかけてくれたが、名前を憶えていない。ちなみに中央公論新人賞で佳作になった拙作『となりの客』は、あっさりと掲載に決まった。佐藤氏は『愛子』というタイトルの初の長編小説を連載中であった。

二次会は新宿の裏通りとなった。移動はもちろん電車を使った。

西新宿の人混みの中を歩く途中、並んで歩いていた北杜夫氏が、私に「マンの、『トニオ・クレーゲル』を読みなさい」と言い、さらに「芸術家と市民生活の違いが書かれている。書き手としての、覚悟が出来ますよ」と先輩らしい忠言をくれた。マン、とは『魔の山』で知られるトーマス・マンのことだ。そこまでは全員素面で順調であったが、安酒場の二階で飲み始めた北氏は毒舌家に変貌した。「あなたは美人だが、頭が悪い」と不機嫌な顔で言う。

北氏は当時まだ無名で、ストレスがあったと思われる。幸か不幸か、私はそれまでに鎌倉市内で酒の席を経験していた。鎌倉文士里見惇氏のご子息、山内鉞郎氏、静夫氏が主宰する劇団「鎌倉座」に入団し、舞台に立ち、その打ち上げの夜の騒ぎを知っていた。劇団の酒の席では、「きみは、頭は良いが、舞台映えのしない顔だな」と言われていた。場所によって人の評価が異なる、これは面白いと感じた。思えば、芝居のキャスティングも演出家の権力の範疇であった。「半世界」誌に権力が存在したかと言えば、それはあの部屋に熱気として漂っていた空気そのものではないか。そしてあの時代の酒の飲み方、その変貌ぶりにも、ある種の力が感じられる。半世紀を越える時の流れに、社会の風潮として酒や煙草の嗜み方が変わったことは確かだが、指導者はいつの世にも存在する。一方で新しい時代の自己主張も生まれる。同人誌の役割は一層複雑になっているが、個人としては、良い空気を嗅ぎ分けることが大切だ。令和元年、ヴァージニア・ウルフの言葉を思う。

それがどんなに小さいものであっても、それには、やはり独特の神秘性がある。

参考文献『私だけの部屋』ヴァージニア・ウルフ／西川正身・安藤一郎訳（新潮文庫　昭和43年）

坂上弘氏と、下曽我参りの思い出

坂上氏を中心に数人のお仲間と、小田原市下曽我の尾崎一雄氏の墓参をするようになったのは一九九〇年代からだ。昭和の代表的な私小説作家、芥川賞受賞者、文化勲章受章者でもある尾崎氏は一九八三年に亡くなっている。坂上氏は尾崎氏ご健在の頃からこの地をお訪ねしていたと聞く。待ち合わせ場所はいつも小田原駅西口と決まっていた。参加者は『山川方夫論』(冬樹社)の作者金子昌夫氏、三田文学会からは菊野美恵子氏、車で出迎える佐藤文代氏、それに庵原高子が加わる。私は十代の高校生の折、尾崎氏と文通を交した経験を持つ。坂上氏は新幹線出口方面から姿を現し、「やあ」と軽く挨拶をされるのが常だった。全員が揃うと佐藤氏の車に乗り込み一路下曽我へと向かった。三十分前後で曽我谷津という地域に到着する。この地域の総鎮守、宗我神社に向かう坂を上ると、その右手に尾崎家の建物が見えてくる。車が停まると真っ先に坂上氏が尾崎夫人にご挨拶にと門を入る。玄関に現れた夫人は名作『暢気眼鏡』他尾崎作品にしばしば登場するが、それらの描写以上に美しく上品な女性であった。二三言葉を交わした後、坂上氏は墓参の水を得ようと家の裏手へと回る。水桶を持って道を隔てた墓地に向かう。程良い大きさの墓地、如何にも尾崎先生のお墓らしい墓地へと入っていく。ここでも坂上氏は、箒を持ってまめまめしく働く。水桶の水を丁寧に墓石にかける。佐藤文代氏がそれを助ける。奇麗になった墓前に一対の花が活けられると墓が輝き、死者が語り掛けてくるような空気が流れる。さらに坂上氏は酒の入った瓶を取り出しその酒を墓石に振りかける。ああ、かつては酒を酌み交わした間柄、文学の先輩と後輩、どのような会話が交わされたのか、と想像が膨らむ。

二次会は小田原市内の老舗飲食店〝達磨〟と決まっていた。坂上氏はその店でいつも枡酒を注文し、とても美味しそうに呑んだ。下戸の女性陣はそれを横目に寿司などを口にした。菊野氏は三田の大学院で学び英語が堪能であった。そのせいか坂上氏は枡酒のお代わりをする頃、菊野氏に向かって英単語混じりの話をすることがあった。その一つを書く。

「エスタブリッシュしてから、近付いてくる人は多いけれど……、ネームレスの頃は少ない。ぼくが今大切にするのは、少ない方の人たちだ」菊野氏はそれに対して、「エスタブリッシュしないうちこそ、サポート、エールが必要なのに」と賛同の声を発していた。両氏の声は平素から小さかったので、傍らの私にはどこか秘密めいた会話に聞こえていた。

一九九八年私は早期肺癌の手術をした。その病室に坂上氏の手紙が届いた。それには「近代日本文学の作品を沢山読んで下さい」と書いてあった。運良く私は生還した。二〇〇五年の夏金子昌夫氏が亡くなった時は同じメンバーで辻堂の金子氏宅を弔問している。二〇〇六年、下曽我の尾崎氏の書斎「冬眠居」の一部が小田原文學館に移築されることになった。同時に思い出の尾崎邸は取り壊しとなった。その年坂上氏佐藤氏と私の三人で墓参のあと、移築された「冬眠居」を見学した。その足で尾崎夫人が入居している施設をお訪ねした。夫人は思ったよりお元気で、車椅子から立って歩くお姿を拝見出来た。施設の別室からは戦後流行った岡晴夫の歌を合唱している声が流れていた。次に参加したのはおそらく翌年と覚えているが定かでない。記憶に残っているのは、尾崎夫人が病院のベッドで寝ていらして、坂上氏が両手で夫人の手を握りしめ、懸命に声を掛けている姿である。夫人の唇は動かず声も返ってこなかったが、やがてその両目から涙が滲んできた。それを見た坂上氏の目からも涙が流れてきた。そのあいだにも感謝と励ましの籠った言葉は続いていた。私はハンカチーフを差し出すことも忘れ、半ば茫然としていた。以前から坂上氏は、尾崎氏のお子さん方は小田原市近辺にお住まいではない、と話していた。尾崎氏亡き後、夫人は孤独に過ごすことが多くなったと思われる。面会が終わり病室の外に出た時、坂上氏が私に言った言葉を忘れない。

「このこと、ひとに言わないで」

私は今でもその意味を考える。一つは尾崎夫人のプライバシーの問題。もう一つは坂上氏ご自身の問題である。亡くなった八月十六日の、翌日の死亡記事に〝内向の世代〟の作家の一人と書かれていた。それは普段は見せないその内側にどれほどの深さと幅そして変容があるか、測り知れないということである。その一面を垣間見た私に「ひとに言わないで」という声があったのは、氏独特の〝照れ〟があったのではないか。二〇一四年から始まった私の〝三田文學・文学教室〟にも一度お顔を出して下さった。しかし未熟な講師である私の邪魔にならないように、終了時間の頃にそっとドアを開ける、という具合だった。

優しさをむしろ隠すように生きていらした坂上氏のお声が、今でも聞こえてくる。

「ぼくが大切にするのは、少ない方の人たちだ」

いつか遺影の前に、枡酒を供えたいと思っている。

葉桜の福島

無常なり廃屋五年梅雨に濡れ
葉桜の富岡がん友眠りたり
草茂るサッカー場に仮設建つ
浪江町汚染土覆う夏の霧
去勢せる黒牛群れる夏の原
請戸浜夏の沈黙風過ぎる

山法師鎮魂の地に反りて咲く

原発の闇の彼方に夏の星

福島の復興祈り山女焼き

二〇一六年六月末、鎌倉由比ヶ浜カトリック教会のお仲間総勢十人で、五年後の福島への旅をした。五年間ずっと気になっていたが、私はこの地を訪れなかった。年齢や健康状態のこともあったが、文学に携わる者として考える時間が欲しかった。

あえてこれら九句の説明はしない。熱心に福島行きを誘ってくれたうえ、バスの中でも隣の席に座り、私を支えてくれたKさんは、偶然にも俳句そして俳人に縁の深い方だった。

バスで回った被災地、そして帰還困難区域では言葉が溢れ、先ず句が出来た。私は小説書きから出発した人間だが、一番先にたしなんだ文学は、子供の頃老いた父に教えられた五七五の俳句であった。両親はカトリック教徒で、生後三ヶ月の私は、母の腕に抱かれ受洗した。十代になった戦後の混乱期、私はそれに反発し、キリスト教は両親に与えられたもの、文学は自分で見付けたもの、などと嘯いた。

バスは湾岸道路から常磐道に入っていた。いわき勿来インターでジーパンとシャツ姿の神父と合流した辺りから、私は不思議な一体感を感じていた。それはドライバーも含め全員の気持ちが揃っていることともう一つ、両親のくれたキリスト教と自分が見付けた文学との一体感であった。その夜の宿である東白川郡鮫川村の知足庵に到着して、カトリック信者の宿の女主人と、やはりジーパン姿の娘さん、シスターでもある女性に温かく迎えられたとき、その思いはいっそう強くなった。囲炉裏の炭火で焼いてもらった山女はおいしく、赤ワインも胸の奥に染みた。女主人は、震災のあとこの地に移住して、福島の復興への祈りと活動の日々を送っているのだった。

朝起きてすぐ、洗面所の壁に、こおろぎに似た虫が留っているのを見付けた。長い脚が透き通っていて、鼈甲細工のように見えた。触角が長く細かった。とてもきれいな虫、なんという名前の虫かしら、と思いながらコンパクトカメラで写真を撮った。朝食の前にその保存画面を女主人に見せると、これはこの地方で、ぴょんぴょん虫と言うのよ。という答えが返ってきた。

私は後になって、その虫がかまどうま、別名便所コオロギ、と知った。七十数年前、疎開先の茨城で聞いた名を忘れていた。当時は暗い場所にいる不快な虫として嫌われていた。歳月とこの旅が、その印象を見事に覆したという、深い感慨を覚えた。

あとがき

改めて、『波と私たち』全編に目を通した。「葉桜の福島」の句に辿り着き、ある言葉が頭に浮かんだ。それは、がんの友、故Y氏の「そろそろ、お兄さんの呪縛から解放されては」の一言。Y氏は、執刀医成毛韶夫《なるけつぐお》先生の患者の会「のぞみ会」の仲間で、かつて私のブログを読み、メールを繁く交わした友である。この短編集には、主人公の兄への恐怖心が各所に現れる。

「Yさん、これで卒業です」空に向かって、私はそう答えた。

個人的な体験はどうしても暗い方向へと動く。しかし私はこの本の読者に、光を届けたいと願って書いた。兄もまたカトリック信者で聖パウロの霊名を持っていた。亡くなる直前には、「遊びに来てくれよ」と走り書きの手紙を送ってきた。私の性格には、他人の言うことに従順でありたいという素直な面と、自己を確立したいという頑固な面の二極性があった。恐怖心はあくまでも自分の感受であり、内部の葛藤から起きていた。さらに私は、個性的な父と母のDNAを受け継いでいた。それが兄の眼にどう映っていたのか。母を嫌悪していた兄だったが、かつては深い愛が存在したのではないか。その証拠に兄は生涯棄教をしなかった。『波と私たち』で、戦中小学生の、その後が書けたことは嬉しい。原爆、戦地、敗戦の大きな陰に、小さな事件が存在したことを忘れてはならない。『窓と星』その他の作品にも、陰と共に、光があったことを書き加えたい。

お世話になった田畑書店が、筆者の故郷に近かったのも何かのご縁である。社主大槻慎二氏と共に、カバー写真をご提供いただいた原田寛氏に、心より感謝と御礼を申し上げたい。

【初出一覧】

「波と私たち」　書きおろし
「窓と星」　書きおろし
「面会日」　「季刊文科」第86号　二〇二一年　秋季号
「マルタの犬」　「三田文学」Ｎｏ・１５０　二〇二二年夏季号
「孔雀のいる寺」　「鎌倉ペンクラブ会報」Ｎｏ・27　二〇二二年
「遺品整理今昔」　「時空」第54号　二〇二二年
「蓮の花は泥のなかから咲く」　創立50周年記念誌　慶應義塾神奈川通信三田会二〇二一年
「筆跡よ　永遠なれ」　「三田文学会理事長　詩人　吉増剛造氏に捧げた詩」
「私の切支丹屋敷跡」　「周作クラブ」第75号　二〇一九・六月
「文京区第六天町」　「時空」第48号　二〇一九年
「真夏の夜のスピーキング」　「時空」第49号　二〇二〇年
「今はまだ答えが出ていない」　「時空」第50号　二〇二〇年
「八月の江ノ電風景から」　「時空」第52号　二〇二一年
「自作を語る『ラガーマンとふたつの川』」　「時空」第53号　二〇二二年
「丹頂鶴よ、赤鬼よ」　二〇二二年八月　三田文学・文学教室　資料
「同人誌今昔」　「季刊文科」二〇一九年　秋季号
「坂上氏と、下曽我参りの思い出」　「三田文学」Ｎｏ・１４８　二〇二二年冬季号
「葉桜の福島」　二〇一六年、太田勝神父と共に、二度目の福島訪問に際して

庵原高子（あんばら　たかこ）

1934年、東京市麴町区（現東京都千代田区）に羅紗商人の第八子として生まれる。大家族に揉まれた強さもあるが、周囲に流される弱さもある。53年、浪人中に大学進学を諦めたのもその一つ。暗黒の日々を送る。白百合学園高校卒。54年、里見弴氏が顧問を務める劇団鎌倉座に入団。小説はそれ以前から書いていたが、56年、第一回中央公論新人賞に応募し、予選通過作品として名前が載り、粕谷一希氏より電話をもらう。58年、「三田文学」に「降誕祭の手紙」を発表。「文学界」11月号に全国同人雑誌優秀作として転載される。その年、結婚。翌年、同作が第40回芥川賞候補となる。同候補の山川方夫氏と知り合い、小説の指導を受けるようになる。61年、「三田文学」に6回にわたり長編「地上の草」を連載する。終了直前に妊娠に気づくが、書き続ける。妊娠中毒症になるも翌年無事出産。以後、育児と家事に専念し、創作から遠ざかる。89年、慶應義塾大学通信教育課程に入学。91年、坂上弘氏が編集長を務める「三田文学」に、30年ぶりに「なみの花」を発表。95年、慶應義塾大学文学部英文学科を卒業。97年に小沢書店より『姉妹』を刊行。2005年に『表彰』を、13年に『海の乳房』を作品社から刊行。18年、田畑書店より『庵原高子自選作品集　降誕祭の手紙／地上の草』を、20年、『商人五吉池を見る』を、21年、『ラガーマンとふたつの川』を刊行する。（著者自筆）

田畑書店

波と私たち

2023年3月15日　印刷
2023年3月20日　発行

著者　庵原高子《あんばらたかこ》

発行人　大槻慎二
発行所　株式会社 田畑書店
〒102-0074　東京都千代田区九段南3-2-2　森ビル5階
tel 03-6272-5718　fax 03-3261-2263
装幀・本文組版　田畑書店デザイン室
印刷・製本　モリモト印刷株式会社

Printed in Japan
ISBN978-4-8038-0411-9 C0093
定価はカバーに表示してあります
落丁・乱丁本はお取り替えいたします